제임스 해머모턴 (James Hamer-Morton)

데드락트 이스케이프 룸의 공동 창업자이며 영국에서 온라인과 오프라인 방탈출 게임 공간을 운영하고 있다. 해머모턴은 또한 배우이자 감독으로서도 활발한 활동을 이어가고 있는데, 영화 <My Bloody Banjo>(2015), <The Fitzroy>(2017) 등에 출연했다. 『셜록 홈스 이스케이프 룸 퍼즐Sherlock Holmes Escape Room Puzzles』은 2018년에 펴낸 『이스케이프 룸 퍼즐북The Escape Room Puzzle Book』에 이은 두 번째 '방탈출' 책이다.

조이스 박
작가, 번역가, 영어 교육가

영어를 통해 세상을 발견하고 탐구하는 일을 좋아하고 이를 업으로 삼고 있다. 외국어라는 문을 통해 넓은 세상을 보는 것은 축복이라고 생각하며, 영어 전공자로 영국과 미국의 문화와 문학을 누리고 즐기는 기쁨을 나누고자 한다. 지은 책으로는 영시에세이 『내가 사랑한 시옷들』 영어 원서 에세이 『빨강 머리 앤이 하고 싶은 말』 서구동화 에세이 『빨간 모자가 하고 싶은 말』 영어 학습서 『하루10분 명문 낭독』 『박스잉글리시』 등이 있으며, 옮긴 책으로는 『행복의 나락』 『달님이 보여준 세상』 『그렇게 이 자리에 섰습니다』 등이 있다.

SHERLOCK HOLMES

셜록 홈스 이스케이프 룸 퍼즐

셜록 홈스 이스케이프 룸 퍼즐

초판 1쇄 펴낸 날 | 2022년 10월 21일
초판 2쇄 펴낸 날 | 2024년 5월 31일

지은이 | 제임스 해머모턴
옮긴이 | 조이스 박
펴낸이 | 이영남
펴낸곳 | 스마트인
등록 | 2012년 6월 14일(제2024-000044호)
주소 | 경기도 고양시 일산서구 일산로612 603동 902호
전화 | 02-338-4935(편집), 070-4253-4935(영업)
팩스 | 02-3153-1300
메일 | 01msn@naver.com
편집 | 이가온
디자인 | 루크

ISBN 978-89-97943-83-8 03840

＊ 스마트인은 스마트주니어의 브랜드입니다.

THE
SHERLOCK
HOLMES
• MUSEUM •

SHERLOCK HOLMES

셜록 홈스 이스케이프 룸 퍼즐

미스터리로 가득 찬 방에서 탈출해 위기에 빠진
셜록 홈스를 구하라!

제임스 해머모턴 지음 | 조이스 박 옮김

스마트인

차 례

서문

이 책은 여러분이 지금까지 접해본 여느 책과는 다를 겁니다. 퍼즐북은 대부분 시간 순으로 진행됩니다. 구조는 정형화되어 있고, 깔끔하게 정의된 문제가 나오고, 주어진 과제는 치밀합니다. 그런 퍼즐북은 안전하지요. 하지만 이 책은 기대를 넘어설 겁니다. 괴물이라고 할 수 있어요. 이 책, 『셜록 홈스 이스케이프 룸 퍼즐』을 다 풀어내고 싶다면 한 번에 소단원 하나씩만 나아갈 것을 권합니다.

몇몇 장에는 소단원이 여러 개 있습니다. 그리고 각 소단원에는 얽히고설킨 조각을 끼워 맞춰서 풀어야 하는 퍼즐이 있어요. 어떤 소단원은 이전 소단원에서 알아낸 지식을 응용해 풀 수 있지만 어떤 소단원은 그 안에서 완결되는 구조예요. 홈스와 절친한 존 왓슨 박사가 이 책에서 여러 가지 역경을 헤쳐나가는 것을 돕고 싶다면 주로 틀 밖에서 생각해야 합니다.

또한 소단원을 잘 마치려면 철저히 읽어야 합니다. 왓슨이 중요하다고 생각하는 것을 보여줄 텐데 그걸 따라가세요. 소단원 말미에 다다르면 왓슨이 다음으로 넘어가려면 답을 알아야 한다고 분명히 밝히기 때문에 끝 부분이라는 걸 알 수 있을 겁니다. 서둘러 다음 페이지를 읽지 마세요. 답이 나와 있을 수 있으니까요.

소단원 하나를 다 읽으면 되돌아가서 다시 보세요. 그러면 필요한 답을 알게 될 겁니다. 답은 하나의 단어일 수도 있고 여러 자릿수 숫자나 일정한 패턴일 수도 있어요.

각 소단원에서 풀어야 하는 퍼즐은 눈에 잘 띄지만 막상 이 퍼즐을 어떻게 조합할지, 혹은 어떤 순서로 시작해야 할지는 잘 안 보일 수 있습니다.

이 책의 지문이 책을 읽는 내내 가이드가 되어줄 겁니다. 하지만 왓슨의 접근법은 종종 무척 교묘할 수 있습니다. 일련의 숫자가 답인 쉬운 퍼즐도 있지만, 어떤 퍼즐에서 숫자는 그저 시작점일 수도 있습니다. 대체로 무언가를 풀면 그건 모두 다음에 사용할 수 있도록 이어집니다. 하지만 한 소단원의 모든 요소를 다 풀어서 맞추어도 해답의 근사치만 얻을 수 있을

다음으로 넘어갈 수 있어요.

때에는 오로지 논리적 사고력을 발휘해 앞으로 나아가야 합니다. 즉, 각각의 소단원은 한 세트의 퍼즐이자, 여러 힌트의 조합이자, 조심스럽게 얽히고설킨 직소 퍼즐입니다.

힌트로 말할 것 같으면 각 장마다 세 단계 힌트가 제공됩니다. 책 뒷부분에서 찾아볼 수 있는데, 고급자용, 중급자용, 초급자용 힌트로 나누어 수록했습니다. 고급자용 힌트는 별개 퍼즐을 풀 때 약간의 영감을 얻을 수 있는 정도의 힌트입니다. 힌트는 필요한 순서대로 제공되기 때문에 다음 번에 무엇을 풀지 아는 정도로 충분할 수 있습니다. 중급자용 힌트는 풀다가 막혔을 때 도움이 되는 힌트이고, 초급자용 힌트는 이도 저도 못하는 상태일 때 참고하면 좋습니다. 이들 힌트는 다음으로 넘어가도록 길잡이가 되어줄 것입니다. 하지만 힌트가 있다 해도 이 책에 실린 퍼즐 중 쉬운 것은 없습니다. 그러니 천천히 풀어보세요. 이 책을 술술 풀며 읽을 수 있을 거라 기대하지 마세요. 책을 덮고 쉬다가 다시 펴보세요. 각 부분을 제대로 이해할 시간을 충분히 두고 다시 읽으면 더 큰 만족감을 얻을 수 있습니다.

마지막으로 한 말씀 더. 몇몇 퍼즐을 풀려면 물리적으로 움직이거나 맞추는 작업이 필요합니다. 가위와 점선이 보이면 잘라서 2D나 3D 모양을 만들어보세요. 이렇게 알게 된 정보는 책을 읽다 보면 다시 필요할 수 있습니다. 그러니 잘라 둔 부분은 책을 다 읽을 때까지 간직하세요. 책이 망가지는 게 싫다면 해당 페이지를 복사해도 되고, '잘라내 만들고 붙여봐야 하는' 페이지는 PDF 파일도 제공하고 있으니 아래 QR 코드를 찍어 접속한 후 파일을 다운로드 받아 높은 해상도로 인쇄해서 보세요.

행운을 빕니다!

저자 소개 및 감사의 글

이제 이스케이프 룸 게임을 많은 곳에서 접할 수 있습니다. 실시간 오프라인 룸, 온라인 가상 이스케이프 룸('데드락트Deadlocked'가 이걸 다루고 있습니다)뿐 아니라 이제는 책으로도 나오니까요. 이 책은 제가 두 번째로 쓰는 이스케이프 룸 퍼즐북입니다. 첫 번째 책 『이스케이프 룸 퍼즐북The Escape Room Puzzle Book』은 실제 저희 회사 데드락트룸Deadlocked Room을 배경으로 한 허구의 기업 웩셀Wexell을 탐험하는 내용으로, 전 세계적 성공을 거두었습니다. 그래서 작업량이 정말로 만만치 않지만 한 권을 더 써보면 좋겠다는 제안을 받았습니다. 독자들이 첫 번째 책을 상당히 어려워 했다는 반응이 있었기에 이번에는 난이도를 완만하게 조절하려고 노력했습니다.

우리는 각 장마다 퍼즐을 하나둘 풀어가면서 진짜 방탈출하는 것 같은 기분을 경험하게 하려고 했습니다. 방탈출 포맷을 유지하면서 이야기를 전개해나갔다고 보면 될 것 같습니다. 저희 데드락트룸은 바로 그런 일을 하며 혼신을 다하고 있습니다.

제가 셜록 홈스의 팬이기 때문에 셜록 홈스 책이 나온다는 사실만으로도 좋아서 환호작약하고 있습니다. 하지만 저를 도와주는 분들 없이는 이 책을 쓸 수 없었습니다. 그래서 한 분 한 분께 감사를 표하고 싶습니다. 출판사 대표 크리스, 긍정과 격려와 재미의 원천이 되어주어 감사합니다. 제가 제멋대로 마구 휘갈겨 그린 퍼즐 그림을 보기 좋게 만들어준 놀라운 재능을 가진 디자인 팀에도 감사드립니다. 그리고 어머니 주디 여사님, 저를 언제나 한껏 지지해주고, 제가 책 속 등장인물의 이름을 제안해달라거나 헤어스타일을 알려달라거나 그 웃긴 쥐 퍼즐을 알려 달라고 귀찮게 굴 때마다 도와주셔서 감사합니다. 물론 제 파트너이자 데드락트의 동업자인 찰리, 많은 최고의 콘텐츠와 마술을 생각해내는 데 도움을 주어 고맙습니다. 우리는 함께여서 모든 일을 더 잘할 수 있다고 믿습니다.

이 책을 즐겁게 읽었다면 (온라인이건 오프라인이건) www.deadlockedrooms.com에서 우리 회사의 다른 게임도 찾아보세요. 이스케이프 룸 게임과 함께 해주어 감사합니다!

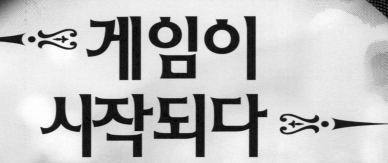

게임이 시작되다

베이커 스트리트 221B

홈스가 보내온 전보를 읽는 순간부터 이건 심각한 일이라는 감이 왔다. 물론 홈스는 사소한 불편함을 과장하곤 하는 친구지만, 이번에 받은 전갈은 뒤죽박죽에 혼란스러웠고 평소 그가 쓰는 말투도 아니었다. 내가 알고 있는 홈스는 행여 누가 전갈을 가로챌까 하는 우려에 나만 알게끔 비밀 메시지를 종종 숨겨두었다. 이번에도 그런 경우인 게 분명했다.

빨리 들어가려고 재킷 주머니에 미리 열쇠를 넣어두었기에 나는 얼른 열쇠를 꺼내 베이커 스트리트 221B 앞문에 열쇠를 꽂아 돌리며 문을 밀어 열어젖혔다. 들어서자마자 평소와는 다른 광경이 눈에 들어왔다. 홈스의 방 문으로 이어지는 계단에 낯선 그림이 여기저기 그려져 있었다. 여러 도형이 계단마다 죽 배열되어 있었다. 여기서부터 무언가 잘못되었다는 느낌이 들었다. 나는 재빨리 사건 노트에 이 문양을 스케치했다.

계단을 올라가다가 허드슨 부인과 맞닥뜨렸다. 자신의 집이 엉망이 된 데에 화가 난 것 같기도 했고 내심 즐거워하는 것 같기도 했다.

"왓슨 선생, 셜록 선생한테 무슨 일이 있는지 혹시 아나요?"
부인이 말문을 열었다.

"안녕하십니까, 허드슨 부인. 아뇨. 모릅니다. 여기 계단은 홈스가 이런 건가요?"

"왓슨 선생, 그 양반이 난장을 벌였어요. 내가 아무리 소리치며 말려도 말을 안 듣더라고요. 그러더니 허겁지겁 위로 올라가서는 자기 방에 문을 잠그고 들어앉지 뭐예요. 그러고는 계속 바이올린만 켜고 있어요."

홈스가 연주하는 바이올린이 괴상하게 끽끽대는 소리를 내고 있었다. 뭔가 잘못된 게 분명했다. 무슨 일인지 감이 왔다. 셜록의 서재로 들어가 확인해보기로 했다. 그런데 나무 문 앞에 작은 맹꽁이자물쇠 같은 장치가 문의 빗장에 달려 있었다.

"선생이 그 값을 치러야 할 거예요."
허드슨 부인이 소리쳤다.

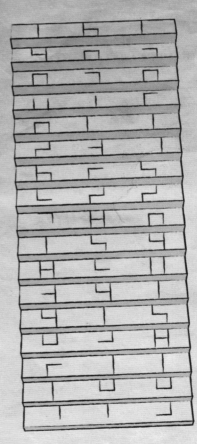

홈스 집 계단

⑪

자물쇠는 원형 장치를 맞는 자리로 돌리면 열 수 있도록 해주는 단순한 기계 장치였다. 비밀번호 때문에 열쇠가 있는 나조차도 들어갈 수 없었다. 이때에만 해도 이후 며칠 동안 겪을 미스터리에 비하면 이 퍼즐을 푸는 게 가장 쉬운 일이라는 걸 몰랐다. 자물쇠를 앞에 두고 나를 여기로 오게 만든 홈스가 보낸 전보와 비밀번호가 관련이 있을지 갸웃거렸다.

전보 몇 장을 이리저리 맞추어보니, 숫자가 매겨진 전보 중 세 장이 이어지며 S. H.로 끝나는 하나의 편지를 이루고 있음을 알게 되었다. 이 편지의 지시대로 나는 앞서서 본 계단의 암호를 어떻게 풀지 알아낼 수 있었다.

힌트
고급자용 - 182쪽
중급자용 - 186쪽
초급자용 - 192쪽
해답 - 198쪽

세 자릿수 비밀번호를 알아내면 다음으로 넘어갈 수 있어요.

Date 20/06/94

TELEGRAM ②
Office Stamp

탐정 나리, 자네가 최근 맡은 수사가 나를 즐겁게 함. 당연히 그 범죄가 아닌, J. A.를 보고 허둥대는 자네 모습이 재밌음.

Date 20/06/

Date 20/06/94
TELEGRAM
Office Stamp

불행히도 곧 베이커 스트리트 221B에서 자네의 도움이 필요함. 이 전보들을 순서대로 늘어놓고 다음 문장에 이 순서로 식별 번호를 넣어볼 것.
⑤

ELEGRAM
Office Stamp

이 돈으로 그가 무슨 짓을 했는지는 다른 날에 따로 할 이야기임. 하지만 말할 필요도 없이 이름을 바꾼 사람은 아미티지 혼자가 아님.
- S. H.
④

Date 20/06/94
TELEGRAM
Office Stamp

① 왓슨, 이 전보가 자네에게 온전히 전해지기를 바람.

Date 20/06/94
TELEGRAM
Offic

③ 해당 인물은 제임스 아미티지로 출생. 이후 약칭으로 일컬어짐. 일하던 은행에서 돈을 횡령했음.

Date 20/06/94
TELEGRA

들어가려면 입구의 열일곱 계단 중 아래에서부터 위로 ?번째 계단 위에 ?번째 계단, 그 위에 ?번째 계단을 놓을 것. - S. H.
⑭

내가 수취인인 전보는 1번, 5번, 14번이었다. 나는 계단을 그린 그림을 그 위에 선이 서로 겹쳐지게 접었다. 그랬더니 삐뚤삐뚤하기는 했지만 분명히 알아볼 수 있는 비밀번호가 보였다. 바로 415. 자물쇠를 맞는 번호로 돌리자 활짝 열렸다. 기뻐할 상황이 아니지만 문손잡이를 돌릴 때 즐거워서 피식 웃음이 나왔다. 하지만 여전히 문은 잠겨 있어서 결국 열쇠를 써야 했다. 자물쇠는 못 들어오게 하려고 달아 놓은 것이 아니라 들어오는 시간을 지연시키려고 한 것이었다. 어쨌든 천 개의 조합을 다 시도해볼 시간이 있는 사람은 누구든지 들어갈 수 있기는 하다. 하지만 나조차도 홈스가 계획한 대로 뜸을 들이고서야 들어오지 않았던가. 나는 문을 열고 내 예감이 맞는지 확인했다. 역시 방은 비어 있었다. 끼깅거리는 바이올린 소리는 축음기에서 흘러나오고 있었다.

제1장

베이커 스트리트 221B

셜록 홈스의 집. 홈스는 현재 이따금 찾아오는 불안정한 시기를 지나는 중이다. 약물이 언제나처럼 문제다. 물론 수없이 많이 겪은 문제이기도 하다. 하지만 이번 경우에는 약물이 끼치는 영향이 다르다. 제임스 모리아티 교수가 죽은 이후 홈스는 얼이 빠진 듯 보였고, 정상적인 상태에서 벗어나 걱정해야 할 정도로 편집증적인 모습을 보였다. 뒤죽박죽 제멋대로인 전보는 홈스의 이러한 증상이 심해졌음을 보여주고 있었다. 그 누구보다도 홈스의 엄청난 지성을 잘 알고 있는 내게 홈스의 이런 모습은 마치 소중한 무언가를 또는 소중한 누군가를 잃어버린 사람처럼 보였다.

얼마전 나는 다시 홈스 집으로 돌아와 그와 함께 살기로 결정했다. 최근에 가족과 사별하면서 홈스가 느끼는 상실감이 어떠할지 알 수 있을 것 같아서였다. 그런데 내가 이사 들

화학물질 이름은 각각 다른 문자로 시작하고, 그 문자는 그 화학물질에 가해지는 상황에 따라 알파벳 순서 안에서 다른 문자로 바뀐다. 알파벳은 원을 이루며 배열되어 Z 다음에 A가 온다.

산화철은 X, 인은 P, 요오드는 I, 황산 구리는 S, 수은은 M, 염화 구리는 C이다.

다음과 같은 항목일 때:
옆면이 반듯한 비커 = +5
플라스크 = -8
시험관 = +2

다음과 같은 조건일 때:
분젠 버너로 가열 시 = -6
화학물질에 물방울이 떨어지고 있을 때 = +10
(물이 아닌) 다른 화학물질이 해당 화학물질에 떨어지고 있을 때 = +5
담겨 있는 용기가 수평으로 놓여 있을 때 = +15

어오기 불과 일주일을 앞두고 홈스는 좀 떨어져서 지내보자고 우겼다. 이상한 요청이었지만, 나는 홈스가 나를 위해 예약해준, 런던 중심부에서 떨어진 한 근사한 숙소에서 흡족한 휴가를 보냈다. 그리고 이제 돌아와보니 내가 없는 동안 홈스는 그 어느 때보다 바빴던 듯싶다.

홈스의 방 문 가까이 있는 테이블 위에는 화학 실험 장비가 복잡하게 차려져 있었다. 조심스럽게 다가가 홈스가 그 옆에 남긴 이상한 메모를 눈여겨보았다. 방을 비우면서도 홈스는 분젠 버너에 불을 끄지 않고 갔다. 아무리 이해해주려 해도 이건 무모한 짓이었다. 현재 홈스의 상태가 어떤 정도인지를 알려주었다. 버너를 끄기 전에 나는 홈스가 무엇을 하려고 했는지 알아낼 요량으로 나중에 화학자 친구에게 보여주려고 재빨리 노트에 실험대 모습을 스케치했다.

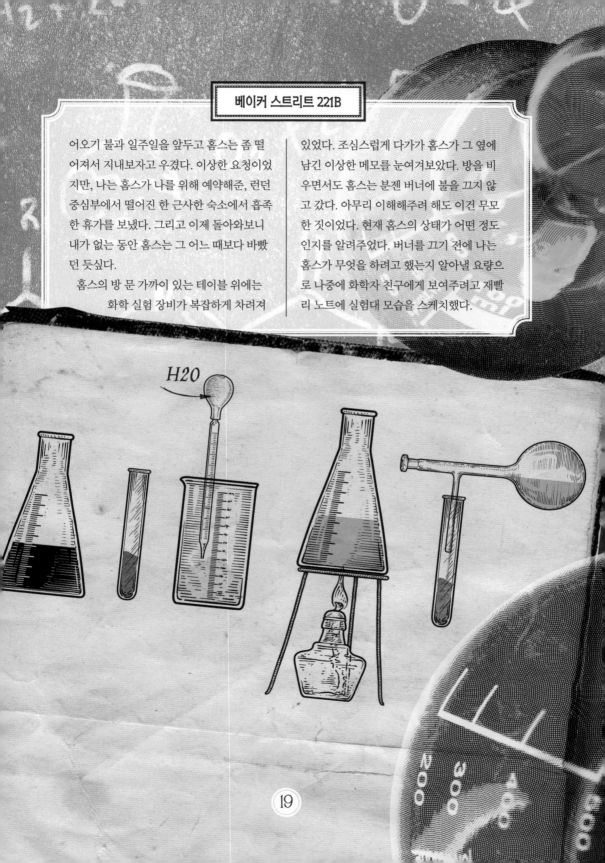

나는 축음기로 걸어가서 연주 중인 협주곡을 멈추었다. 축음기에 걸린 레코드판 한쪽 면이 일반적인 레코드판과 뭔가 다른 것 같았다. 자세히 살펴보니 홈스가 무슨 짓을 해놓은 것이 보였다. 무언가로 긁어서 홈과 요철이 생겼으니 이상할 수밖에.

더 괴상한 점은 집에 있는 척을 하려고 레코드판을 이용한 것이다. 홈스가 왜 그랬는지 생각하느라 머리가 터질 지경이었다. 누군가를 피해 숨으려고 했을까? 그리고 내게 암호로 쓰인 전보를 보낼 때까지 왜 이 모든 일을 함구하고 있었을까?

아마도 그 답은 바로 내 앞에 있을 것 같았다. 나는 홈스가 조사 중인 일 관련 메모와 기사를 붙여 두는 코르크 메모판을 살펴보았다. 현재에는 프랑스의 한 사건이 홈스의 흥미를 끌고 있는 듯했다. 하지만 홈스가 절대 구매할 것 같지 않은 커다란 달력이 걸려 있었다. 보니까 오늘 날짜 1894년 6월 20일에만 동그라미가 쳐져 있고 나머지는 비어 있었다. 더 살펴보려고 손을 뻗다가 달력 뒤에 편지 한 통이 숨겨져 있는 걸 알아챘다. 내가 읽으라고 둔 편지였다. 급하게 썼는지 글씨가 엉망이었다.

검정 = 요오드

다음으로 내가 뭘 해야 할 지 알려줄 수 있는 정보가 행여 있을까 해서 나는 방을 샅샅이 뒤졌다. 딱히 눈에 들어오는 것은 없었다. 홈스의 바이올린 옆에는 그가 가장 최근에 보고 연주하던 악보가 있었다. 한 페이지가 받침대 위에 놓여 있었는데 이리저리 손댄 흔적이 있었고, 그 아래에는 악보 두 페이지가 흩어져 있었다.

왓슨,

자리 비워서 미안하고, 여기 와서 이런저런 눈속임을 마주하게 해서 미안하네. 라이헨바흐 폭포에서 입은 부상으로 내게는 이전 내 모습의 껍데기만 남았네. 어쩌다 보니 모든 것을 의심하고 따지고 있어. 과거의 일, 폭포 사건은 물론 나 자신에 대해서도 말이지. 스스로를 믿지 못하면 가장 가까운 친구를 믿을 수밖에 없지 않나. 그게 나에게는 왓슨 자네야. 물론 자네 말고 다른 사람이 발견할 가능성도 있기 때문에 나를 어찌 찾아낼지 그 답을 자네는 추론해볼 수 있을 거라 믿고 필요한 정보를 숨겨 놓았네. 내 수사 결과뿐 아니라 수사 방법도 자네에게 종종 털어놓았으니까 내가 일하는 방식을 자네는 알고 있잖나. 이게 자네가 성공할 수 있는 가장 현실적인 대안이자 앞으로 며칠 동안 내가 살아 있을 방도이기도 하네.

내 흔적을 따라오게. 이 방에서 처음 찾는 단서를 보면 다음에 무엇을 해야 할지 확실히 알 수 있을 거야.

내가 방문한 장소와 방문 순서를 알아둘 필요가 있을 것 같아서 해당 정보와 함께 그 장소에 표시해 두었네.

카르페 디엠. -SH

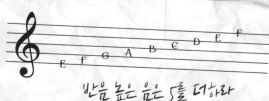

반음 높은 음은 5를 더하라

베이커 스트리트 221B

방을 더 뒤지다 보니 홈스가 이전에 다룬 사건을 자세히 기록한 사건 파일이 빼곡히 꽂혀 있는 책꽂이 서가를 보게 되었다. 각 파일에는 고객 이름과 사건이 해결된 날짜가 같이 적혀 있었다. 하지만 놀랍게도, 그렇게나 꼼꼼한 홈스의 파일들은 알파벳순이나 날짜순 같이 어떤 확실한 순서로 정리되어 있지 않았다.

바스커빌과 해덜리 등 홈스가 맡은 몇몇 큰 사건의 이름이 눈에 띄었다. 그 밖에 리건, 루이스, 체리턴 건 등은 홈스가 방에서 한 발자국도 나가지 않은 채 의뢰인 앞에서 바로 해결해버린 단순한 사건이었다. 체리턴 사건은 내가 아는 한 가장 최근에 홈스가 맡은 사건이었다. 한 여인이 죽은 남편의 실종과 사

땅이 누구 짓인지 밝혀달라는 거짓 행세를 하며 찾아왔다.

그는 남편이 받은 협박 편지와 실종되기 전까지 여러 날 동안 남편이 방문한 장소를 적은 일정표를 자기 일기에서 뜯어서 가져왔다.

체리턴 부인은 남편이 6월 16일에 집에 돌아오지 않았다고 주장하며 홈스에게 범인을 잡아달라고 했다. 부인이 내민 문서에서 답을 알려주는 명백한 단서를 내가 추리해내기까지는 시간이 제법 필요했다.

> 이 사건에서 이상한 점을 알아보고 범인이 누구인지 지목할 수 있을까요?

			해리스 5/87	본드 1/89	오라일리 2/90
체리턴 6/94	바스커빌 10/89	플래처 11/88			
		옴스타인 3/88	페인터 2/87	오픈쇼 7/87	미첼 8/88
핸스퍼드 1/90	리건 7/88				
모턴 6/91	펠처 2/90	매클라우드 4/91	해덜리 5/89	루이스 3/92	해머 5/91

친애하는 체러턴 씨,

제 사업에 대한 당신의 간섭이 도를 넘었습니다.
다시 한번 제 공급자들 보다 싸게 공급한다면, 저는 가만히 있지 않겠습니다.

— 당신을 걱정하는 시민으로부터

1894년

1894년 6월

비고	일	월	화	수	목	금	토
						1	2
	3	4	5	6	7	8	9
	10	11	12	13 은행에서 회의	14	15	16 공급업자 대금 지불
	17	18	19	20	21	22	23
	24	25	26	27	28	29	30

그 문서를 보자마자 홈스는 혼자 빙그레 미소를 지었다. 내가 익히 아는 표정이었다. 사건 전체를 뒤엎을 만한 무언가를 포착했을 때 짓는 표정이었다. 체리턴 부인이 가져온 편지의 필체가 부인의 일기 속 필체와 동일하다는 것을 내가 깨달은 것은 그때였다. 특히 반복되는 '공급'이라는 단어를 보면 동일 필체라는 게 더욱 분명했다. 나는 그 편지는 부인이 쓴 것이며 다른 누군가가 남편에게 보낸 것이 아니라고 주장했다. 남편이 받았다면 그 필체를 알아보았을 것이고 그 편지가 행동에 영향을 끼쳤을 것이다. 따라서 남편과 아내는 한통속인 게 분명했다.

이 부부의 동기는 협박이 있었다고 주장하기 전에 있었던 은행과의 면담 때문인 것 같았다. (남편은 상점을 하는 것으로 사료되는데) 사업을 하다 재정적인 위기에 봉착했고, 주변 업체보다 싸게 팔려고 했음에도 별 소득이 없었던 것으로 보였다. 부부는 6월 16일에 공급업자에게 대금을 지불해야 했기 때문에 절박했다. 홈스가 경쟁자를 범인으로 지목하게 만들어서 자신들이 받는 지불 압박을 덜려는 잘못된 길로 접어든 사례였다. 체리턴 부인이 보여준 반응은 이게 사실이라는 걸 확인해주었다. 이 사건은 주요 사건에 끼지 못하기 때문에 이 사건이 다른 사건과 같이 있는 것이 외려 눈에 띄었다.

내가 사건 파일을 더 살펴보려고 할 때 문간에서 떨리는 목소리가 들려왔다. 허드슨 부인이 서 있었다.

"왓슨 선생, 홈스 선생이 어디 있는지 모르는 건가요?"

"불행히도 모르겠습니다. 허드슨 부인, 홈스가 서두르다가 문제를 더 크게 만든 것 같습니다."

"마음 좀 가라앉도록 차 한잔 가져다 드릴까요?"

"감사하지만 괜찮습니다. 저는 가능한 한 빨리 이 친구가 왜 이렇게 뒤죽박죽 엉망진창을 만들어놓았는지, 그 동기를 알아내야 해서요."

"제가 보니까 홈스 선생이 사진을 다시 찍더군요."

"네, 이 사진들이 새로 찍은 거예요. 잘 찍은 사진은 아닌데 서둘러 찍은 듯해서 그 점이 흥미롭습니다."

허드슨 부인이 몸을 돌려 방을 나서려다 다시 주저하면 돌아섰다.

"왓슨 선생, 제가 사과할 일이 있어요."

"무엇을 말이죠?"

"문을 두드려도 홈스 선생이 대답은 없고 안쪽에서는 시끄러운 소리가 나서 밖에 나가 열린 창문에 대고 소리를 지를까 해서 집 밖으로 나갔어요. 그런데 그만 지나가던 경관 눈에 띄어서 홈스 씨의 명성을 익히 들어 알던 그 경관이 이게 대체 무슨 일인지 다른 경관에게 연락해본다면서 갔어요."

"허드슨 부인, 그러면 곧 다른 방문객이 올 거라는 말씀인 거죠?"

"네, 그럴 것 같아요. 홈스 선생이 왜 이러는지 이유를 알아내는 데 곤란하게 해드릴 것 같군요. 어쩌죠, 경관들이 와서 증거를 엉망으로 만들지도 모르겠는데."

"그러면 빨리 움직여야겠군요, 허드슨 부인. 알려주셔서 감사합니다."

허드슨 부인이 자리를 떴고, 나는 방 안에서 처음 보는 사진에 주목했다. 그것은 도시 여러 곳에 있는 상점의 앞모습을 찍은 사진이었다.

사진을 더 살펴봐야 했지만 방을 계속 뒤질 필요도 있었다. 중요한 것과 중요하지 않은 것을 분리하는 일은 홈스가 내게 쓴 편지에 담겨 있었다. 카르페 디엠이라니. 홈스는 왜 그런 말을 했을까?

제가 다음으로 찾은 단서가 어디에 숨겨져 있는지 혹시 알아냈나요?

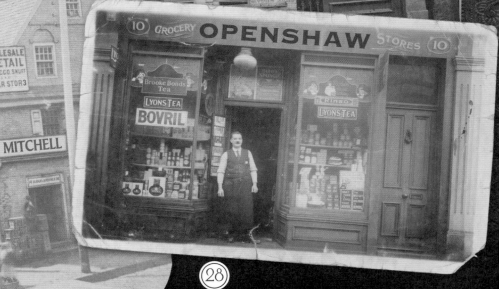

오늘을 즐겨라. 홈스는 왜 이렇게 말했을까? 나는 홈스의 편지를 훑어보았고 오늘 날짜에 동그라미가 쳐져 있는 달력을 보게 되었다. 이 날짜가 중요했던 게 분명했다. 나는 그 달력 페이지를 잡고는 뒷면을 보았다. 역시나 내게 남긴 메시지가 더 있었다.

그리고 모르스 부호를 해석하는 단초가 되는 정보가 쓰인 페이지도 붙어 있었다. 모르스 부호에 대해 들어본 적은 있었고, 내가 부호를 이해하지 못한다고 전에 홈스가 뭐라 한 적이 있었다. 모르스 부호를 내가 읽을 줄 모른다는 걸 홈스는 기억하고는 관대하게도 혼자 읽어내려 애쓰지 않게 해주었다. 이제 찾아야 하는 단서는 다 찾았으니, 홈스가 언급한 '마지막 조각'이 어디에 숨겨져 있는지 알아내야 했다.

이것만 알아내면 다음으로 넘어갈 수 있어요.

왓슨,

여러 서류 가운데 이 메시지를 묻어두어서 조사하느라 힘든 테지만 자네만이 이 사건을 시간 안에 찾을 수 있다고 믿어. 지금 이 수수께끼의 마지막 조각을 찾기 위해서는 악보, 레코드판, 사진만 보면 되네. 하지만 꼭 이 순서로 날짜가 매겨진 것은 아니야. 이 모르스 부호 해독 코드도 자네에게 도움이 될 걸세.

-SH

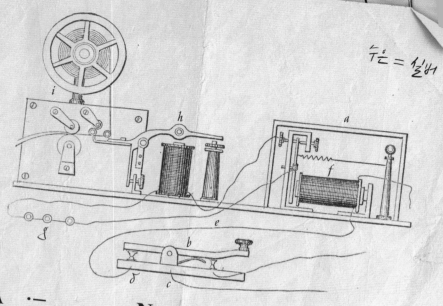

수은 = 실버

A	.—		N	—.		
B	—...		O	———	0	—————
C	—.—.		P	.——.	1	.————
D	—..		Q	——.—	2	..———
E	.		R	.—.	3	...——
F	..—.		S	...	4	....—
G	——.		T	—	5	.....
H	....		U	..—	6	—....
I	..		V	...—	7	——...
J	.———		W	.——	8	———..
K	—.—		X	—..—	9	————.
L	.—..		Y	—.——		
M	——		Z	——..		

힌트
고급자용 - 182쪽
중급자용 - 186쪽
초급자용 - 192쪽
해답 - 198쪽

이 부호들을 풀어 사건 파일의 이름인 걸 알아내고, 정리된 홈스의 서류철을 훑어서 나는 세 자리 숫자를 알아낼 수 있었다. 그 숫자가 사건 파일 중 하나에 적힌 날짜라는 것도 금세 알아냈다. 나는 짐짓 결연하게 그 파일을 뽑아 들었다. 그러자 파일 뒤쪽에서 기차표 한 장이 떨어졌다. 오늘 저녁 런던에서 버크셔에 있는 작은 마을 쿠컴으로 가는 표였다.

나는 한시도 지체하지 않고 갈아입을 옷을 여행 가방에 재빨리 싸서 넣은 후 행여 놓친 게 있을까 싶어 방을 마지막으로 한 바퀴 돌아보았다. 조용한 시골 풍경을 그린 그림 하나가 눈에 들어왔다. 홈스가 수집할 것 같지 않은 그림이었다. 새로 들여놓은 그림이었고 언제든 들고 갈 수 있는 상태였다. 마치 들고 가라고 포장해서 준비해둔 듯했다. 홈스에게 필요할까 싶어 그 그림을 가지고 가기로 했다.

나는 코트를 걸치고 문을 힘차게 열고 나섰다. 등 뒤로 문이 잠길 때 눈 앞에서 낯익은 얼굴을 발견했다. 레스트레이드 경감이라는 검은 눈의 남자였다.

"왓슨 박사님, 여기서 뵙는군요. 반갑습니다."

"이런, 경감님. 놀랐지 뭡니까. 반갑습니다. 하지만 저는 기차를 타야 해서 지금 가봐야 합니다."

"잠깐만요. 허드슨 부인이 홈스 씨 행방에 대해 우려를 표해서 말입니다. 여쭈어봐야겠습니다. 우리가 걱정해야 하는 일일까요?"

"경감님. 솔직히 잘 모르겠습니다. 홈스가 제게 이리저리 해달라는 지시는 남겼어요. 그래서 홈스가 갇히지 않고 자유롭게 자기 의지대로 행동하고 있는 게 아닌가 추측할 뿐입니다. 하지만 뭐든 찾으면 알려드리겠습니다."

"감사합니다, 박사님."

레스트레이드는 고개를 숙여 인사하고 떠났다. 나도 서둘러 따라 나가서 기차역까지 태워다 줄 마차를 잡아타고 이어지는 여정을 시작했다. 메이든헤드에서 차를 한 번 갈아탈 필요가 있었지만, 시간을 보니 꽤 여유가 있었다. 일단 처음으로 탈 기차 시간을 맞추는 게 급선무였다. 베이커 스트리트 221B 집에서 내가 제대로 추리를 해내도록 하기 위해 홈스는 부러 내게 지체할 시간을 남기지 않은 걸까? 홈스의 의도가 무엇이든 간에 나는 간신히 기차에 올랐다.

메이든헤드에 도착하자마자 나는 짬을 내서 런던 밖 공기를 한껏 들이마셨다. 런던의 무거운 공기와는 확연히 다른 호사였다. 쿠컴으로 가는 기차가 오기를 참을성 있게 기다리는 동안 해가 지고 있었고, 많은 승객이 갈아탈 기차를 찾아 타고 있었다.

어느덧 기차역 플랫폼에 혼자 남게 되었다. 사방이 조용했다. 작지만 관리 상태가

좋아 보이는 기관차 한 대가 역 안으로 들어왔다. 시간을 확인하고 있을 때, 차장이 기차에서 내려서는 역의 이름을 외쳤다. 쿠컴 이름이 나오나 듣다가 그 이름이 불리자마자 기차에 올라탔다. 기차문이 등 뒤에서 닫히고 천천히 기차는 역을 빠져나갔다.

제2장

쿠컴행 열차

쿠컴행 열차

나는 놀라울 정도로 안 어울리는 물건들을 지니고 있었다. 내 친구 셜록 홈스가 포장해 놓은 그림 한 점, (내 여행의 목적이 진짜로 무엇인지 모르기에) 어떤 용도의 복장이 필요할지 몰라 마구 가져온 옷, 그리고 홈스가 이 기차를 타고 가게 만들지 않았으면 방문할 의향도, 마음도 없던 작은 마을로 가는 티켓 한 장을 들고 있었다.

객차 자체는 관리가 아주 잘된 듯 보였다. 아니 어쩌면 그보다는 잘못 관리한 적이 없는 듯했다. 보아하니 기차에는 침대차도 있었다. 그 객차에 탔더라면 기차에서 배를 채울 수 있었을 터였다. 갑작스레 허기가 덮쳐왔다. 시간이 있다면 그 객차로 가볼지 모르지만 너무 늦은 저녁 시간이라 그럭저럭 봐줄 만한 서비스 이상을 기대할 수는 없었다.

내가 탄 객차는 특이하게도 세 칸으로 분리되어 있었고 내 옆자리는 비어 있었다. 내 표는 세 번째 칸이었는데 지나치면서 얼른 둘러보니 다른 칸에도 아무도 없었다. 나는 자리를 잡고 여행 가방을 머리 위 짐 칸에 두었다. 그런 후 나는 도대체 여기서 뭘 하고 있을까 하는 생각에 빠져들었다. 도착하면 분명히 알게 되기를 바랐지만 이 순간에는 도통 알 수가 없었다. 도착하면 마부가 나를 기다리고 있을까? 홈스가 누구를 보내거나 직접 와서 나를 데려갈 수 있을까?

누군가 문을 시끄럽게 두드리는 바람에 정신을 차렸다. 이것도 친구의 계획 일부인지 궁금해서 벌떡 일어나 이 소란이 무슨 일인지 알아보았다.

이런, 그저 검표원일 뿐이었다. 커다란 외투에 둥근 모자를 쓴 검표원이 창을 두드리고 있었다. 보아하니 다른 객차에서 이쪽 객차로 넘어오는 문을 열 수가 없는 듯했다. 나도 문을 열려고 했지만 문을 잠그는 데 쓰인 열쇠가 없이는 자물쇠를 열 방법이 없었다.

"문을 여세요!"

그가 얇은 유리를 사이에 두고 외쳤다.

"문을 열 수 있는 열쇠가 제게 없습니다."

내가 대답했다.

"그러면 어떻게 잠갔습니까?"

"제가 잠그지 않았어요."

"신사분 표를 확인해야 합니다."

내가 표를 들어올려 보여주자 검표원은 혼란스러운 표정으로 끄덕였다.

"…… 그리고 이걸 열 방법을 알게 되면 도움이 되겠는데요."

"알아보겠습니다. 죄송합니다."

그는 슬그머니 돌아가버렸다. 나는 내가 아는 한 내 잘못도 아닌 일에 사과를 하면서 내 자리로 돌아오다 갑자기 궁금해져 반대편 문으로 가서 열어보려고 했다.

이 문 역시 잠겨 있었다. 나는 자리로 돌아와 이런 일이 왜 생겼을까 생각했다. 그러는 중 내 목적지는 아닌 어느 역에 기차가 정차했다. 창밖을 내다보니 검표원이 살짝 다리를 절며 내가 탄 객차의 입구로 달려오고 있었다. 그는 거기서 문을 열어보려고 했으나 역시 열리지 않았다. 그는 내가 있는 창문으로 걸어왔다.

"이게 신사분 짓이라면 각오하세요!"

쿠컴행 열차

"장담하는데 난 아, 아무 관계 없어요."

내가 더듬더듬 말했다.

아마도 이 객차의 관리 상태가 내가 앞서 생각한 만큼 좋지 않은지도 모른다.

"어디로 가십니까?"

"쿠컴입니다."

"좋습니다. 지금은 가만히 앉아 계십시오. 제가 기관사와 이야기해보겠습니다. 그때까지는 어떻게든 해보겠습니다."

그는 서둘러 기차에 올랐고, 차장이 호각을 불자 기차가 다시 움직이기 시작했다. 불길한 예감이 등줄기를 타고 흘렀다. 그렇지. 셜록의 짓이거나 이 사건에 연루된 누군가가 이렇게 한 게 틀림없었다. 그렇다면 객차 안에 있는 동안 내가 해야 할 일이 있는 게 분명했다. 나는 기차가 출발하자 벌떡 일어났다. 시간이 흐르고 있었고, 도착하기 전에 이 수수께끼를 풀어야 했다.

나는 다른 객차로 이어지는 문을 살펴보았다. 검표원이 열려고 했던 문에 기차 노선도가 붙어 있었다. 하지만 정거장이 기묘하게 지워져 있어서 내가 가는 곳까지 거리가 얼마인지 알 수가 없었다. 나는 노선도 구석의 축척을 보고서야 노선도 속 1인치가 몇 마일인지 알아냈다.

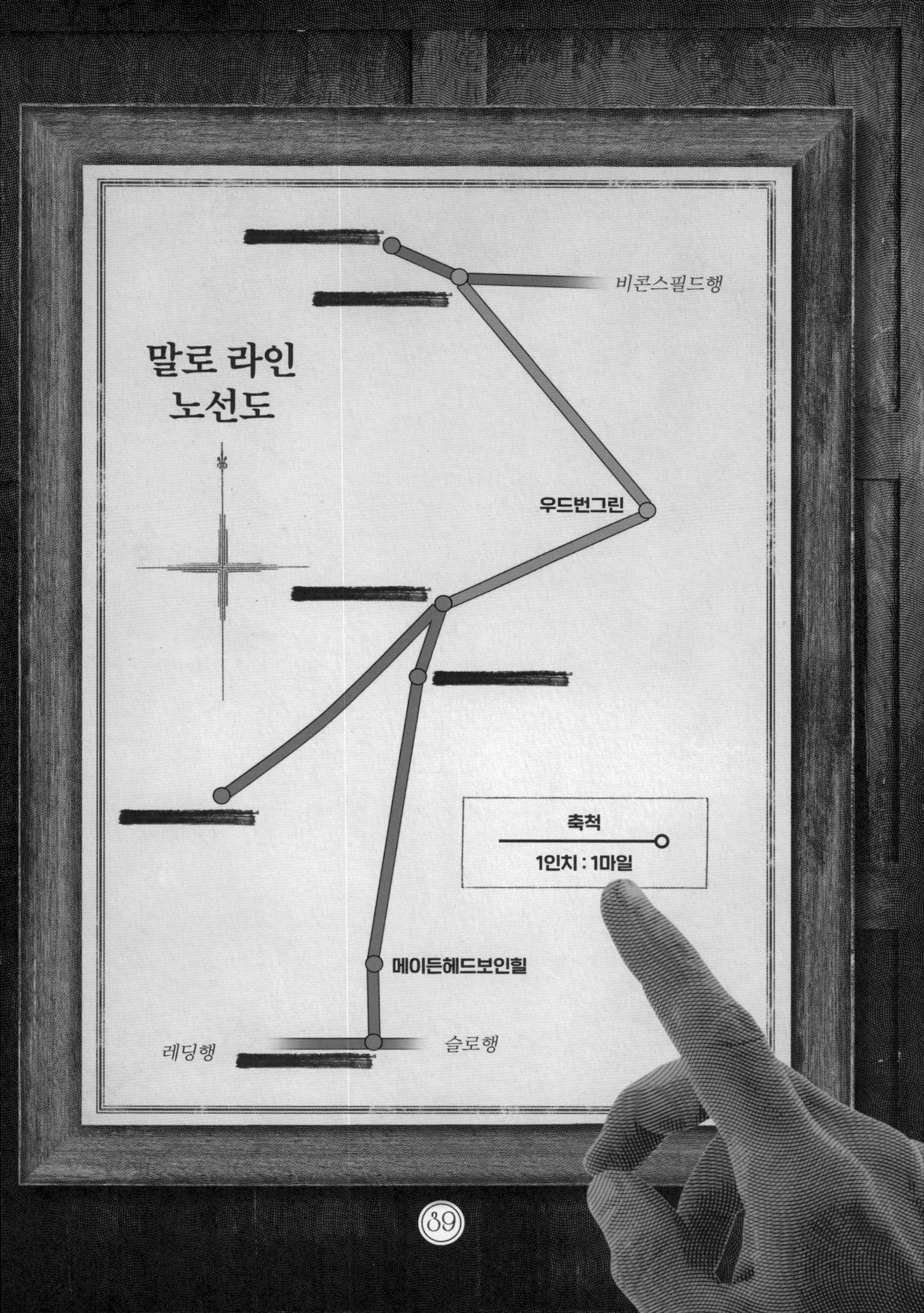

말로 라인
노선도

비콘스필드행

우드번그린

축척

1인치 : 1마일

메이든헤드보인힐

레딩행   슬로행

반대편 문에는 식당차가 이쪽 방향이라는 표지판이 붙어 있었다. 꽤 다양한 요리가 있는 메뉴를 보니 배에서 꼬르륵 소리가 났다. 요리에 어떤 재료가 들어가는지 굉장히 자세히 설명이 되어 있었는데 아마도 이는 알레르기가 있는 사람이 거를 수 있도록 하기 위한 것 같았다.

기차 재고 (운행 전 기준)

열거된 품목은 한 끼 식사를 만들기 위한 분량을 기준으로 집계됨.

베이킹 파우더 - 32
소고기 - 25
버터 - 28
닭고기 - 19
초콜릿 - 32
옥수수 - 10
밀가루 - 10
마늘 - 9
피망 - 22
우유 - 10

커리 - 29
양파 - 34
파프리카 - 16
돼지고기 - 5
소금 - 47
설탕 - 33
토마토 14
식초 - 32
물 - 15

관리팀이 보내는 전갈

존스 씨, 우리가 보유하고 있는 각 품목별 재료로 식당차를 온전히 운영할 수 있을지 걱정스럽습니다. 특히 저는 직원 식사 조리 후 다음 재료가 부족할까 걱정입니다.
양파, 토마토, 우유
소고기, 피망, 소금, 버터, 초콜릿
이들의 재고가 존스 씨에게는 아닐지 몰라도 제게는 중요합니다. 우리는 A-1 서비스를 여기서 제공하려고 노력하고 있습니다.

새뮤얼 하딩턴

식당 메뉴

각 요리에는 1인분에 들어가는 재료
설명이 참고용으로 기재되어 있습니다.

햄버거
재료 : 소고기, 양파, 피망, 물, 식초,
파프리카, 소금

굴라시
재료 : 소고기, 양파, 마늘, 물, 소금, 버터,
설탕, 밀가루

치킨파이
재료 : 닭고기, 양파, 피망, 소금, 토마토, 물,
옥수수

비프파이
재료 : 치킨 파이와 동일. 다만 닭고기 대신
소고기. 피망은 제외

포크립
재료 : 돼지고기, 양파, 토마토, 물, 식초,
소금, 파프리카

퍼지 디저트
재료 : 설탕, 버터, 소금, 우유, 초콜릿

마더스 쿠키
재료 : 밀가루, 귀리, 베이킹 파우더, 소금,
초콜릿, 버터, 설탕

직원 주문

식당차를 운영하는 기차에서 직원들은 직종에 따라 늘 동일한 메뉴를 주문하곤 합니다.

기관사는 메인 메뉴는 굴라시, 디저트는 마더스 쿠키를 고릅니다.

검표원은 햄버거에 퍼지 디저트를 고릅니다. 웨이터는 언제나 포크립만 선택합니다.

기차 경비가 있으면 치킨파이만 고르고,

화물 운반 인부는 비프파이에 마더스 쿠키를 고릅니다.

요리사만 다른 메뉴를 고릅니다. 가장 인기 있는 메인 요리와 디저트를 다른 직원 식단에서

골라 선택합니다.

내 칸으로 돌아가며 세 칸 중 첫 번째 칸을 지나치다가 뭔가 특이한 점을 발견했다. 승객이라고는 나밖에 없는데 좌석 위 짐칸에 가지가지 색 여행 가방이 놓여 있는 것이다. 자세히 들여다보니 여행 가방 몇 개에 가방 주인의 이름과 행선지가 적힌 꼬리표가 붙어 있었다. 하지만 다른 꼬리표는 그 아래 마구 섞여 있었다.

얼마 안 되어 이 여섯 개 여행 가방을 보며 두 가지 특이점을 추리해냈다. 첫째, 나 보라고 둔 가방이라는 것이 확실했다. 둘째, 가방 주인의 이름과 행선지가 적힌 꼬리표라는 내 짐작은 틀렸다.

다음 페이지를 넘어가기 전에, 제가 여기서 찾은 해답 두 가지는 무엇일까요? 아니 둘 중 하나라도 혹시 알아냈나요?

쿠컴행 열차

Marlow to
Bourne End
2miles

말로부터 본엔드까지
2마일

Nicholson
니컬슨

Trevor
트레버

48

쿠컴행 열차

이 기차 노선에 있는 정거장을 다 알지 못하지만, 파리발 베를린행은 누가 보아도 불가능한 정거장이 아니던가! 이 여행 가방은 (다른 가방도 마찬가지일 것 같지만) 특별한 목적이 있는 게 아니라면 왜 여기에 있을까?

두 번째 단서는 승객의 이름이었다. 각 이름의 첫 단어는 철자가 'Watson'이었다. 그러니까 여행 가방 전부는 내가 보라고 놓아둔 것이었다. 홈스가 직접 이 가방을 여기에 두거나 다른 승객을 시켜서 이렇게 한 게 아닐까? 이 가방을 모두 기차에 싣기 위해 한 명 이상이 비밀스럽게 움직였을 터였다.

나는 한 걸음 물러나 여행 가방 전체를 훑어보았다. 사실 너무 뒤로 간 나머지 뒤에 있는 좌석에 부딪히는 바람에 단단한 바닥으로 넘어졌다. 하지만 그 각도에서 보니 한 가방 아래 작은 크림색 사각형이 놓여 있는 게 보였다. 손을 뻗어 숨겨진 틈에서 작은 봉투 하나를 끄집어 냈다. 앞면에 내 이름이 쓰여 있었는데, 홈스의 필체였다. 나는 그 안에 단서가 있을까 싶어 얼른 봉투를 뜯었다.

믿음직한 나의 친구, 왓슨,

내가 사라지는 바람에 자네 머릿속은 질문과 혼란으로 뒤죽박죽일 거야. 내가 선견지명이 있어서 내게 닥칠 불운한 상황에 대비할 수 있다는 것이 얼마나 다행인지 모른다네. 내가 원래 상태로 회복되지 않았기에 누가 책임을 져야 하는지에 대한 명백한 질문에는 대답할 수가 없어. 또한 책임 소재는 나를 집에 머물 수 없게 만든 남자의 정체만큼 간단치 않아. 약속하는데, 왓슨, 너무 늦기 전에 내가 있는 곳에 온다면 그 답을 알게 될 거야. 그때까지는 자네가 제대로 하고 있다는 걸 알고 안심하길 바라네. 말장난을 좀 썼으니 양해 바라며, 아래 사항이 중요하니 알아둬.

- 하이위컴발 말로행 거리가 메이든헤드발 하이위컴행보다 짧다.
- 가장 작은 가방은 6마일을 이동한다.
- 애비는 월리스보다 큰 가방을 가지고 있다.
- 가장 큰 가방은 7마일을 이동한다.
- 검은 가방은 쿠컴과 라우드워터 사이를 이동한다.
- 애비는 하이위컴과 라우드워터 사이를 이동한다.
- 너컬슨은 2마일을 이동한다.
- 가장 긴 노선은 545마일로 파리와 베를린 사이 구간이다.
- 쿠컴에서 라우드워터까지는 4마일이다.
- 가장 짧은 노선은 0.5마일이다.
- 월리스는 트레버보다 이동 거리가 길다.

자네가 사건 해결에 나선 게 중요해. 여행 중에 쓸모 있을지도 모르는 간단한 도구 하나를 남겨 두었어. 자네가 열 수 있는 가방 속, 위쪽 뚜껑 안쪽에 달린 비밀 주머니 안에 있네.

곧 보기를 바라네, 왓슨.

— SH

여행 가방 중 하나를 열어야 했다. 나는 재빨리 가방 쪽으로 다가가 하나씩 열어보았다. 하지만 실망스럽게도 잠겨 있지 않은 건 없었다. 나는 편지를 다시 확인했다. 홈스는 내 힘으로 가방 하나를 열 수 있을 거라고 말하는지도 몰랐다. 하지만 내가 즉시 가방을 열 수 있을 거라고는 말하지 않았다.

열쇠를 어디에 숨겨 두었을까? 지금으로서는 그냥 계속 진행하는 수밖에 없었지만 어디서부터 시작해야 할지 알 수 없었다.

홈스는 이미 나를 당황하게 만들고 있었다. 내가 그를 적수의 손에서 구하는 데에 아무런 도움도 되지 못하면 어쩌지? 나는 내 칸으로 돌아와서 실의에 빠졌다. 하지만 이내 홈스의 편지에서 곧장 알아들어야 했던 무언가를 알아차렸다.

다음으로 넘어가기 전에, 제가 어떤 점을 놓쳤는지 아셨나요?

이름	노선	거리	여행 가방 색깔	여행 가방 크기 (1~6)
애비				
니컬슨				
오언				
스미스				
트레버				
윌리스				

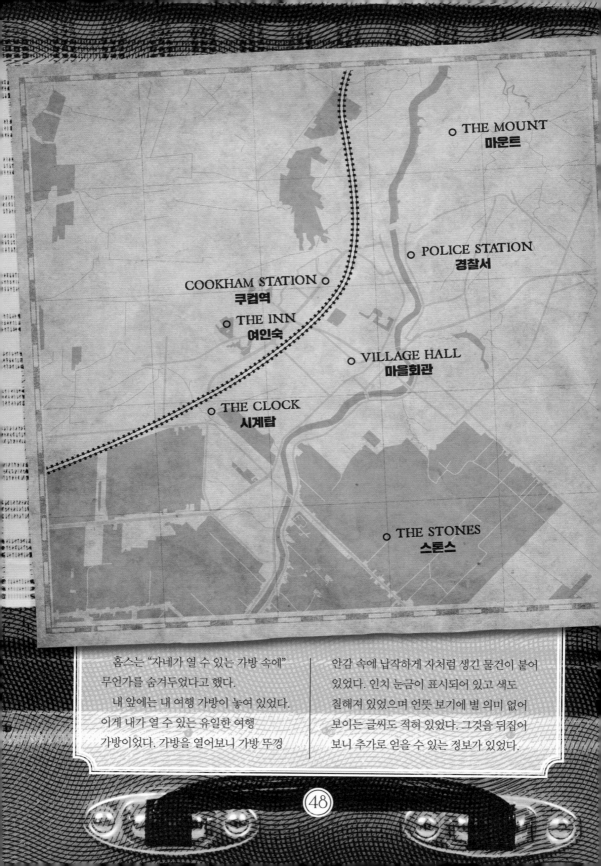

THE MOUNT
마운트

POLICE STATION
경찰서

COOKHAM STATION
쿠컴역

THE INN
여인숙

VILLAGE HALL
마을회관

THE CLOCK
시계탑

THE STONES
스톤스

홈스는 "자네가 열 수 있는 가방 속에" 무언가를 숨겨두었다고 했다.

내 앞에는 내 여행 가방이 놓여 있었다. 이게 내가 열 수 있는 유일한 여행 가방이었다. 가방을 열어보니 가방 뚜껑 안감 속에 납작하게 자처럼 생긴 물건이 붙어 있었다. 인치 눈금이 표시되어 있고 색도 칠해져 있었으며 언뜻 보기에 별 의미 없어 보이는 글씨도 적혀 있었다. 그것을 뒤집어 보니 추가로 얻을 수 있는 정보가 있었다.

알파벳 문자 전체가 한쪽에 붙어 있었는데, 처음에 생각했던 것 이상의 쓸모가 있음을 재빨리 알아차렸다. 중앙에는 흥미로운 심볼이 하나 있었다. 셜록 홈스의 약자인 SH로 읽히는 심볼이었는데, 돌려서 봐도 똑같이 SH로 읽히는 심볼이었다. 굉장히 독특한 디자인이었고, 아마도 이유가 있어서 홈스는 그 심볼을 거기에 넣었을 것이다. 자 옆에는 루컴의 작은 지도가 놓여 있었다. 몇몇 이름이 거기 적혀 있었다. 이중 하나가 내 목적지일까?

　내가 이 객차에서 살펴봐야 할 칸, 그러니까 가운데 칸이 아직 남아 있었다. 나는 심호흡을 하고 그 칸으로 들어가는 문의 손잡이를 돌렸다. 꼼짝도 하지 않았다. 잠겨 있다고 추측되는데, 유리창을 통해 안에 무엇이 있는지 볼 수 있었다. 바닥에 선로가 놓여 있고 작은 나무 기차 하나가 그 위에 있었다. 왜 더 일찍 이것을 보지 못했는지 알 수 없었지만, 들어올 때에는 사람이 탔는가만 확인했기 때문에 그런 것 같았다.

"나는 심호흡을 하고 그 칸으로 들어가는 문의 손잡이를 돌렸다."

A	B	C
D	E	F
G	H	I
J	K	L
M	N	O
P	Q	R
S	T	U
V	W	X
Y	Z	

S1

N2

E3

W4

A	B	C
D	E	F
G	H	I
J	K	L
M	N	O
P	Q	R
S	T	U
V	W	X
Y	Z	

문이 잠겨 있는 것을 보니 그 작은 기차를 움직이면 안 되는 모양이었다. 기차가 놓여 있는 상태가 중요한 게 분명했다. 나는 재빨리 여러 가지 물체를 스케치했다. 그렇게 스케치하다 보니 문 아래 종이 귀퉁이가 삐죽 나와 있는 게 눈에 띄었다. 나는 스케치 아래 그 정보를 베껴 쓰고는 자세히 들여다보려고 내 칸으로 돌아왔다.

이 객차 안에 발이 묶인 상태와 홈스의 편지를 놓고 볼 때 나는 이 단서들을 따라야 했다. 그리고 쿠컴에 도착하기 전에 거기서 어디로 가야 하는지 행선지를 알아내야 했다.

이것만 알아내면 다음으로 넘어갈 수 있어요.

힌트
고급자용 - 182쪽
중급자용 - 186쪽
초급자용 - 192쪽
해답 - 200쪽

쿠퍼빌 라우드위터행 (4마일, 3정거장)

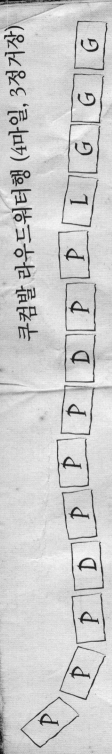

P P D P P P D P P P L G G

객차(P)

검표원 한 명

식당차(D)

웨이터 한 명

수하물차(L)

기차 정비 한 명

화물차(G)

화물 운반 인부 두 명

객차 한 량 당 2분의 1마일 이동.

객차 3량마다 식당차 1량. 그래서 객차가 4량이면 식당차는 1량뿐.

4정거장마다 수하물차 1량(혹은 일부. 5정거장에는 수하물차 2량).

1과 2분의 1마일마다 화물차 1량(혹은 일부, 그래서 3과 2분의 1마일에는 화물차가 3량).

+ 식당차가 1량이면 전체 기차에 요리사는 한 명

+ 기차가 9량 미만이면 기관사는 한 명

+ 기차가 9량 이상이면 기관사는 두 명

메이드브레드발 쿠퍼행 = ?

나는 두 단어를 찾았다. '더 마운트(THE MOUNT).' 쿠컴 지도를 손가락으로 짚어가며 지도 속 지명과 대조해보았다. '마운트'는 쿠컴에 있는 저택이었다.

그런데 뭔가 이상했다.

지도의 그 이름 아래 단단한 것이 볼록 튀어나와 있었다. 작지만 직사각형에 금속 느낌 물건이었다. 그걸 종이 끝으로 밀어내니까 옆이 뜯어지면서 안에서 열쇠 하나가 나왔다. 홈스는 지도 안에 작은 열쇠를 숨겨둔 것이다. 이 열쇠로 무엇을 열어야 하는지 즉시 알 수 있었다.

기차가 쿠컴 역으로 미끄러져 들어갈 때 나는 내 여행 가방을 들고, 셔츠를 반듯하게 편 다음 객차 문으로 성큼성큼 걸어갔다. 열쇠는 무리 없이 문에 난 작은 구멍 속으로 들어가 맞았고 그제야 나는 객차 감옥에서 풀려날 수 있었다. 심호흡을 하고 플랫폼에 내려섰다. 숨을 들이마시자 차가운 공기가 느껴졌다. 본능적으로 몸이 떨렸다. 주위를 둘러보니 검표원으로 보이는 형체가 나를 향해 급히 달려오고 있었다. 내가 열쇠를 들어 보이자 그가 얼른 내 손에서 낚아챘다. 비난하듯 쳐다볼 거라 예상했지만 그는 그저 미소를 지으며 고개를 끄덕일 뿐이었다. 이 친구도 수수께끼 객차 연출에 한 몫을 담당한 건가?

이곳의 불빛은 침침하고 삭막했다. 시골 안개가 역 안으로 몰려들고 있었다. 기차가 역을 빠져나갈 때까지 나는 가만히 있었다. 저 멀리 한 아이의 자그마한 윤곽이 보였다.

"거기, 애야!" 내가 소리쳤다.

그러자 아이는 저 멀리 줄행랑을 쳐버렸다.

나는 더한 곤경에 빠지는 건 아니기를 바라며 아이를 따라갔다. 베이커 스트리트 탐정단 아이들과 일하는 건 보통 홈스지만, 이 아이도 그런지 한번 알아볼 가치가 있었다.

아이가 달려나간 문으로 나가자 말 한 마리가 끄는 마차가 있었다. 마부에게 다가갔다.

"실례합니다."

"어디로 가쇼?" 그가 퉁명스레 물었다.

"아, 그게……" 나는 말을 멈추었다. 내 행선지 자체가 수수께끼이거나 이 사람에게 말해야 하는 암호였나? 아니면 행선지는 나만 알고 있어야 하는 걸까?

"얼른 말하슈." 그가 재촉했다.

나는 위험을 감수하기로 했다.

"마운트 저택이오."

"왓슨 씨 맞죠?"

내 비밀은 이미 다 새어 나갔나 보다.

"어, 타쇼." 마부가 말했다.

나는 고맙다고 말하며 여행 가방을 직접 들고 마차에 올랐다. 좀 더 편한 좌석에 자리를 잡고 앉아 고개를 돌리니 작은 얼굴 하나가 나를 빤히 보고 있었다. 아까 봤던 소년이 틀림없었다.

"저는 스탠리예요." 소년이 당당하게 말했다.

"반갑소, 어린 신사. 나는 존 왓슨 박사요."

"그분의 친구인가요?"

"입 다물어라, 스탠리." 마부가 외쳤다.

가는 길에는 내내 침묵이 흘렀다. 소년이 우연히 무엇을 흘렸든 간에 그는 몰라도 내게 의미가 있는 말이지 싶었다. 우리는 아담한 집 앞에 도착했다. 집에 비해 '마운트'라는 이름은 과한 듯했다. 마차에서 내렸을 때 한 여인의 그림자가 문간에 드리워졌다. 나는 여행 가방을 들고 길을 따라 올라갔다. 어디선가 날카로운 울부짖음이 들려서 얼른 소리가 나는 쪽을 돌아보았다. 바로 옆 정원에 닭장이 있었다. 내가 너무 도시 소음에 익숙해져 있었나 보다. 닭들의 소리는 환영 인사나 마찬가지였지만, 나는 혼자인데다 어리둥절하기만 했다. 다시 위를 돌아보니 문이 닫혀 있었다.

"선생은 그쪽으로 들어가지 말고 저 길을 따라 올라가십쇼." 마부가 말했다.

그가 안개 속 어딘가를 향해 고갯짓을 해 보였다. 어둠 속에 작은 자갈길이 외길로 난 모습이 보였다. 마부에게 마차 삯을 주려고 자켓 주머니를 뒤졌다.

"그건 됐수다. 이미 돈을 받았습니다. 앞에 놓인 더 중요한 문제에나 신경 쓰십쇼."

"고맙습니다." 나는 내 앞에 펼쳐진 추위와 미지에 대한 불안에 몸을 떨며 답했다.

나는 긴장한 것처럼 보이고 싶지 않아서 길을 따라 씩씩하게 걸어갔다. 어디로 가야 하는

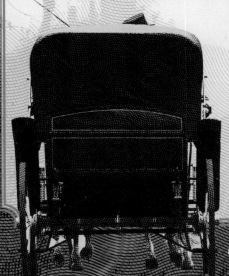

지 왜 가야 하는지도 모르는 상태로, 한 치 앞도 잘 보이지 않는 미지의 안개를 헤치며 아무 일도 없는 양 걸었다. 길은 내리막으로 이어졌고, 눈은 이내 어둠에 익숙해졌다. 더 앞으로 나아가니 마운트 저택으로 보이는 건물이 보였다.

백 피트(30여 미터) 정도 걸으니 희미하게 황금빛이 눈에 들어왔다. 나는 희망 외에는 매달릴 것이 없는 기분으로 앞으로 성큼성큼 걸어갔다. 황금빛 광채와의 간격이 좁아지자 그게 무엇인지 알 수 있었다. 거대한 저택이었다. 창문에는 촛불이 빛나고 있었고 줄줄이 밝혀진 기름 램프가 앞문으로 이어지는 길을 비추고 있어서 어디로 가야 할지 알려주었다. 눈을 가늘게 뜨고 저택 안쪽에 움직임을 살펴보려고 했다. 무슨 일이 벌어질지 행여 준비할 수 있을까 하는 마음이었다. 하지만 흔들리는 불빛 외엔 아무것도 가늠할 수 없었다. 이 저택이 최종 기착지이기를, 이 저택에 내가 찾는 답이 죄다 있기를 바랐다.

사실 이 저택은 새로운 모험의 시작일 따름이었다. 이 건물을 다 탐험해야 모험의 세세한 내역이 모습을 드러낼 터였다. 그리고 나는 이제 고작 그 입구에 서 있을 뿐이었다. 두꺼운 검은 문을 빠르게 두드렸지만 아무런 대답이 없었다. 그래서 그냥 문을 열고 들어가 그 안의 신비를 밝혀볼 수밖에 없었다. 나는 문을 밀었다. 잠겨 있지 않았다.

나는 살금살금 안으로 들어갔다. 내 앞에는 탐험해야 할 거대한 저택이 놓여 있었다.

살면서 이런 일은 처음이었다.

제3장

홈스테드 저택

홈스테드 저택

저택으로 들어가는 화려한 입구 회랑이 내 앞에 펼쳐졌다. 사방 어디에서나 우아한 취향과 한껏 돈을 들인 장식이 눈에 들어왔다. 앞의 커다란 계단은 위층으로 이어졌고 계단 밑 회랑은 1층의 다른 부분으로 이어졌다. 계단 옆에는 작은 테이블이 있었는데 커다란 종이 한 장이 그 위에 눈에 띄게 펼쳐져 있었다. 샅샅이 훑어보며 탐험하고 싶어 근질거려도 행여 근처에 사람이 있을까 싶어 일단 내가 도착했음을 알리는 것이 현명하다는 생각이 들었다.

"실례합니다. 아무도 안 계십니까?" 내가 큰 소리로 외쳤다.

침묵만이 돌아왔다. 바닥 판자가 삐걱대는 소리와 밖에서 부는 바람 소리뿐이었다. 이 두 소리가 함께 들리는 건지 또 다른 사람이 거대한 복도를 서성이고 있는 건지 구분할 수 없었다. 누군가 맞으러 나올까 해서 1, 2초 기다렸다. 하지만 이런 저택이라면 으레 등장할 법한 집사는 나타나지 않았다.

나는 조심스럽게 테이블로 다가갔다. 테이블 위에 놓인 종이는 지도였다. 저택의 지도로 보였다. 지도 왼쪽 하단에는 "홈스테드 저택"이라고 적혀 있었다. 그게 이 건물의 이름 같았다. '마운트 저택'보다 조금 더 인상적인 이름이기는 했다. 지도는 모눈종이 양식에 구획별로 그려져 있었고, 나는 건물로 들어오는 주 입구에서 조금 떨어진 곳에 '시작'이라고 표시된 부분에 정확히 서 있었다.

지도 다른 쪽 구석에는 방위 표시가 그려져 있어서 건물이 어느 방향을 향하고 있는지 가늠하는 데 도움이 되었다. 이걸 기억해두는 게 나중에 도움될 것 같다는 예감이 들었다. 이렇게 명시적으로 건물의 방위를 보여줄 때에는 그럴 만한 이유가 있을 것이었다.

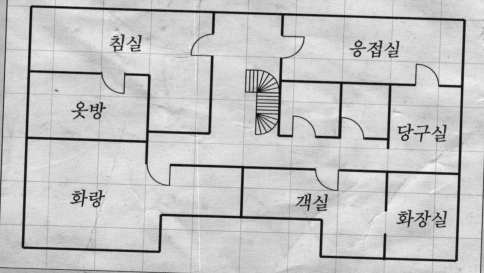

1층

부엌

서재 화장실

배식실

식당

서가

지작

거실

홀

지시 사항 네 가지를 따라
오면 나를 만나게 됨

홈스테드 저택

2층

침실

응접실

옷방

당구실

화랑

객실

화장실

홈스테드 저택

지도를 구석구석 살펴보고 나서야 방들을 제대로 둘러보러 복도를 따라 가볼 마음이 들었다. 지도 하단에는 이렇게 쓰여 있었다. "지시 사항 네 가지를 따라오면 나를 만나게 됨." 이건 분명히 앞으로 나아가라는 초대였고, 내가 찾아야 할 것을 제대로 찾았다는 확인이기도 했다. 모자를 벗어 모자걸이에 걸고 그 옆에 여행 가방을 두었다. 이미 사회적 관습을 많이 어겼던 터라 모자를 쓴 채 계속 안으로 들어가는 결례까지는 저지르고 싶지 않았다. 심호흡을 하고 나니 앞으로 나아갈 용기가 생겼다.

자신감이 발걸음을 가볍게 했다. 왼쪽 회랑을 따라 첫 번째 수사구역인 거실로 향했다.

이 저택의 문은 두껍고 무거웠다. 처음에는 들어가려는 방의 문이 잠긴 줄 알았다. 하지만 세게 밀자 열렸다. 문이 열리고 모습을 드러낸 방은 버건디(짙은 와인색)와 금색이 어우러진, 역시나 호화롭고 세련된 방이었다. 커튼 색은 버건디였고 금색 가구는 버건디 쿠션으로 장식되어 있었다. 나는 벽에 걸려 있는 한 작품 앞에 멈췄다. 착각일 수도 있지만 또 하나의 상징처럼 보이는 형태의 특이한 작품이었다. 중앙에 '행방불명'이라는 글자가, 네 모서리에는 N, E, S, W 글자가 새겨져 있었다. 예사롭지 않아 보였다. 이것도 일종의 단서일 것이다.

작품 옆에는 값비싼 책이 꽂혀 있는 커다란 서가가 있었다. 범상치 않은 희귀본을 보니 주인이 부유하다는 것을 알 수 있었다. 하지만 독서용이라기 보다는 전시용이 아닐까 하는 생각이 들었다.

의자 사이에 놓인 테이블에는 저택 거주자들이 최근 즐긴 여흥의 흔적이 남아 있었다. 카드 게임을 하던 중인 것 같았다. 하지만 펼쳐진 카드 배열로는 어떤 게임을 하고 있었는지 알 수가 없었다. 호화롭게 꾸며진 방이지만 눈에 딱 들어오는 것은 그 외에는 거의 없었다. 지도가 그렇듯이 나는 수사와 관련된 건 감추어져 있기 보다는 명백히 눈에 띌 거라 짐짓 결론을 내린 터였다. 돌아봐야 할 방이 많았으므로 나는 이동하기로 했다.

홈스테드 저택

방을 나서는데 맞은편 문이 열려 있는 게 눈에 들어왔다. 나는 잠시 망설였지만 탐색을 안 할 수 없었다. 그곳은 식당이었다.

식당에서 중심을 차지하고 있는 것은 긴 떡갈나무 테이블이었으며 이전 방보다는 화려함이 덜했다. 테이블에는 열 명이 앉을 수 있었는데 네 명씩 마주보고 앉고 두 명은 양쪽 끝에 앉는 구조였다. 의자 중 하나가 다른 의자보다도 유독 컸다. 스푼과 포크 세트가 들어 있는 게 분명한 서랍장은 잠겨 있었으나 아무리 둘러봐도 열쇠를 찾을 수 없었다. 한쪽 구석에는 다양한 무늬의 도자기 접시 컬렉션을 진열해놓은 커다란 장식장이 있었다. 세어보니 접시는 서른 개였고 흠 하나 없이 깔끔하고 가지런히 놓여 있었다. 주인이 자랑스러워하는 컬렉션인 게 틀림없었다.

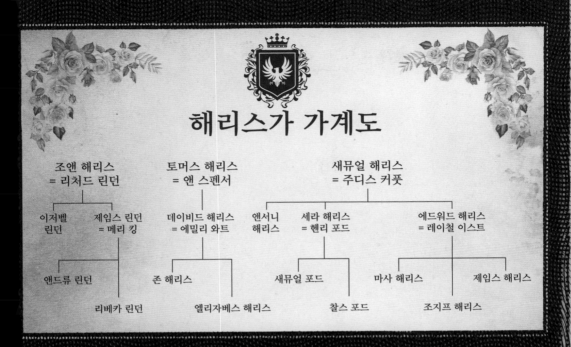

해리스가 가계도

조앤 해리스
= 리처드 린던

토머스 해리스
= 앤 스펜서

새뮤얼 해리스
= 주디스 커풋

이저벨
린던

제임스 린던
= 메리 킹

데이비드 해리스
= 에밀리 와트

앤서니
해리스

세라 해리스
= 헨리 포드

에드워드 해리스
= 레이철 이스트

앤드류 린던

존 해리스

새뮤얼 포드

마사 해리스

제임스 해리스

리베카 린던

엘리자베스 해리스

찰스 포드

조지프 해리스

　　반대편 벽에 걸린 액자 속 문서가 눈에 띄었다. 이 저택의 주인 가문의 최근 가계도였다. 몇몇 이름을 훑어보았지만 딱히 눈에 들어오는 것은 없었다. 홈스 이름은 일단 거기에 없었다. 여기에 뭔가 있을 것만 같았던 내 육감은 보기 좋게 빗나갔다. 어떻게 할지 잠시 망설였으나 둘러볼 것이 너무도 많은 때에 느긋하게 어슬렁거리면 안 될 것 같다는 생각이 들었다.

　　식당에 있는 또 다른 문은 부엌으로 이어졌다. 이 집에 고용된 직원이 있을 법도 했지만, 역시 아무도 없었다. 색유리가 앞면에 끼워진 커다란 상부 장이 스토브와 석탄 오븐 위쪽에 걸려 있었다. 조리대 상판은 깨끗했고 잘 관리되어 있었다. 유능한 직원이 일하고 있다는 증거였다. 하지만 중앙 테이블에는 조리 도구와 냄비, 프라이팬이 잔뜩 놓여 있었다. 뭔가 이상하다는 것을 바로 알아차릴 수 있었다.

　　수납장 속에 있던 내용물이 죄다 꺼내어져 테이블 위에 있었고, 테이블 상판 위 격자 무늬에 나뉘어 놓여 있었다. 확신할 수는 없었지만, 수납장에 넣을 수 있는 것보다 더 많은 물건이 있는 듯했다. 좀 더 살펴보니 각각의 조리도구에는 서로 다른 길이의 노란 선이 그어져 있었다. 무슨 뜻일까?

"나는 이런 상태인 부엌을 본 적이 없었다."

홈스테드 저택

부엌 뒷문을 열면 부엌방으로 들어가게 되는데, 이 수수한 방에는 직원들의 유니폼과 세척을 위한 커다란 세면대가 있다. 거기에서 이상하리만큼 자세하고 긴 데다 이 크기 저택에 필요한 수보다 더 많아 보이는 직원의 이름이 적힌 직원 근무표를 발견했다. 이 저택의 주인은 필요보다 더 많은 일꾼을 고용해서 근무 시간 줄이기를 즐기는 걸까?

직원 정보

각 작업에 소요되는 시간

요일	정원 관리	빨래	요리	설거지	저택 청소
존 금요일	4	1.5	2.5	0.5	2
메리 월요일 금요일 일요일	해당 없음	1	2	0.5	1
레너드 월요일 수요일 일요일	해당 없음	2	2.5	1	3
샐리 화요일 수요일 토요일	해당 없음	1.5	2	0.5	4
애나 화요일 목요일 토요일	해당 없음	1	1.5	1	2.5

홈스테드 저택

직원 업무:
빨래 - 일주일에 두 번 필수. 수요일에 한 번, 일요일에 한 번. 요리를 하고 있지 않은 직원이 이 일을 맡음. 설거지 - 냄비와 프라이팬과 날붙이류는 매일 세척해야 함. 근무일 하루 기준 가장 많은 시간 근무한 사람은 누구든지 다른 모든 작업이 끝난 후 남아서 이 작업을 함. 요리 - 가장 경험이 많은 요리사가 그날의 요리를 함. 우연의 일치로, 우리 직원의 요리 솜씨는 이름 알파벳 순서와 일치함. 애나가 가장 경험 많은 요리사임. 정원 관리 - 일주일에 한 번 존이 근무하는 날. 저택 청소 - 이 작업은 주중에만 수행. 직원 각자는 일주일에 한 번씩 이 작업을 맡음.

각 직원이 일하는 방식을 상세하게 적은 메모가 테이블 위에 있었다. 아마도 업무 실적 평가를 한 듯했고, 여러 일꾼이 일하는 중이라면 누가 어떤 일을 해야 하는지에 대한 선호도가 표시되어 있었다. 이것 말고는 이 방에서 흥미를 끄는 구석은 특별히 없었다. 그 외에 다른 것은 모두 제자리에, 제대로 된 상태였다.

내 손자는 이곳에서 늘 환영받을 것이다 - 토머스 해리스

나는 반대편 문을 열고 주 복도로 다시 나갔다. 1층의 다른 문은 잠겨 있어서 나의 조사는 위층으로 이어졌다.

누가 사는지 모르는 누군가의 집 계단을 오르니 마치 침입자가 된 기분이었다. 반쯤 계단을 오르던 중 벽에 걸린 한 남자의 초상이 눈에 띄었다. 초상화 주인공의 이름과 인용문이 적혀 있었다. "내 손자는 이곳에서 늘 환영받을 것이다—토머스 해리스" 이

문구를 머릿속에 새기면서 나는 미소를 지었다. 그저 우연일 수도 있겠지만 이 말장난에 숨겨진 메시지는 분명히 나를 염두에 두고 있었다.

독자 여러분은 무엇을 발견하고 내가 미소 지었는지 알아챘나요?

토머스 해리스의 초상화 아래 구절은 자신의 손자는 '이곳에서 늘 환영받을 것'이라고 말하고 있다. 가계도를 다시 떠올리면 토머스 해리스에게 손자는 단 한 명, 존 해리스뿐이다. 존의 어머니는 에밀리 와트이니, 여기서 손자는 와트의 아들(Watt's son), 왓슨이 된다. 철자가 똑같지는 않지만 의도적으로 적어놓은 말이라는 점은 익히 알 수 있었다. 이런 말장난이 수사를 해결해가는 단초라면, 이런 데 더 주의를 기울여야 할 듯했다.

계단을 올라 왼쪽에 주 침실이 있었다. 이미 침입자가 된 기분을 느끼고 있었지만 침실에 들어서려니 이 불편한 감정이 몇 배는 더 강해졌다. 에티켓상 주 침실은 사적 공간이기 때문이었다. 일단 다른 곳부터 둘러보고 조사해서 찾아낼 것이 없으면 이 방을 들여다보기로 했다. 하지만 다른 곳은 모두 문이 잠겨 있었다. 그 방들이 중요하지 않은 건지, 잠긴 문을 여는 방법을 내가 찾아야 하는 건지 알 수 없었다. 주 침실에서 복도 반대편에 난 문 하나만 예외적으로 열려 있었다. 거기서 응접실로 들어갈 수 있었다.

응접실에 발을 들이밀자마자 내부가 어찌나 화려한지 놀라지 않을 수 없었다. 저택에서 가장 격식을 차린 이곳은 크림색과 푸른색으로 꾸며져 있어서 밖의 어둠과 대조가 되었다. 이 저택의 거주자들은 여기서 손님을 맞으며 호사를 누리는 것이 분명했다. 위풍당당한 책상 양쪽에는 무늬가 그려진 쿠션을 얹은 금테 의자 네 개가 있었다. 벽에는 장식용 패널이 덧대어져 있었고 뒤쪽 벽 중앙에는 커다란 괘종시계가 자리했다. 나는 시간을 힐끗 보았다. 두 시? 그렇게 늦은 시간일 리 없었다.

머릿속으로 점검해보니 내 의심이 맞았다. 시간이 틀렸던 것이다. 시계 숫자판 하단에는 요일을 알려주는 작은 패널이 붙어 있었다. 수요일이 표시되어 있었는데, 이 역시 오늘 요일이 아니었다. 시계는 이 시간에 일부러 맞추어놓은 것이 분명했다. 시계 숫자판의 디자인도 특이했다. 각 숫자 앞에 문자가 쓰여 있었는데 현 시점에서는 어떤 의미인지 알 수 없었다. 나는 이 방을 나와 열려 있는 마지막 문, 주 침실 문으로 향했다.

행여나 안에 누가 있는데 들어가는 게 아닐까 싶어 열린 문틈으로 방 안을 들여다보았다. 이 방은 너무도 개성이 없었다. 기둥 네 개가 달린 침대가 중앙에 자리하고 침대 발치에는 편히 걸터앉을 수 있는 작은 소파가 있었다. 문 반대편 벽에는 서랍장 두 개가 있었다. 그러면 안 될 것 같아 괴로웠지만 서랍장 안을 들여다보기로 했다. 어떤 짓이 예의에 맞는지 어긋나는지에 대한 내 선입견으로 인해 중요한 무언가를 놓칠 수는 없기 때문이었다.

서랍장은 몇몇 바느질 도구와 여행 일정표만 있을 뿐 텅 비어 있었다. 여행 일정표에는 이 집 가족이 러프버러에 있는 친척을 방문하느라 집을 비운 상태라고 적혀 있었다. 그렇다면 누가 이 집에 이런저런 배치를 했으며, 가족이 여행 중인 기간을 어떻게 이렇게 정확히 맞춰서 준비할 수 있었을까?

불길한 예감이 몰려왔다. 여기서 무슨 일이 벌어지고 있든 간에 이건 내가 추측한 것처럼 단순한 우연의 일치가 아니었다. 고도의 계획이 배후에 자리 잡고 있었다.

나는 다시 침대 가까이 다가갔다. 침대보 디자인이 참으로 특이했다. 여러 가지 다양한 무늬가 어우러진 그림 같았다. 무늬는 몇 개가 반복되고 있었는데, 특정한 순서를 따르는 것 같지는 않았다. 하지만 침대보의 무늬를 보니 아까 본 무언가가 떠올랐다. 나는 이미지를 머릿속에 담아 두고는 방을 나와 아래층에

있는 지도로 향했다. 저택 안의 이들 물건이 나를 어디로 이끌고 있는지 확실히 알 필요가 있었다.

시간이 좀 걸렸지만, 여섯 개 방을 다시 보니 지도를 보고 따라야 하는 네 가지 지시가 무엇인지 알 수 있었다. 그런데, 어떤 순서로 이 지시를 따라야 할까? 나는 쓴 웃음을 지었다. 제대로 하고 있다는 느낌이 들었다.

지시 사항 네 가지를 찾은 후 이에 따라 지도를 성공적으로 이용하니 앞으로 나아갈 수 있었어요.

힌트
고급자용 - 182쪽
중급자용 - 187쪽
초급자용 - 193쪽
해답 - 202쪽

홈스테드 저택

찾아낸 네 가지 지시에 정해진 순서가 있지 않을까 싶어 지금까지 내가 본 것이나 내 행동을 되짚어보느라 시간을 좀 지체했다.

나는 거의 정해진 순서 없이 방에 들어갈 수 있었고 수수께끼를 무작위로 풀 수도 있었다. 그랬다면 내가 연이어 발견한 내용이 실마리가 되지 않을 수도 있었다. 문득 어떤 순서로 내가 이동을 해도 결국에는 지도의 한 모눈 칸에 오게 된다는 점을 깨달았다. 지도 위에서 손가락으로 이동 경로를 따라 죽 훑다가 그 부분을 톡톡 건드렸다. "홈스테드"라는 단어가 그 칸에 걸쳐 쓰여 있었다.

"홈스"가 아니던가.

홈스 이름의 철자와 똑같지는 않았지만 의도적인 말장난이었다.

그 칸은 건물 밖 한 그루 나무를 중심으로 그려져 있었다. 나는 모자를 집어 들고 코트의

주름을 편 후 서둘러 밖으로 나갔다. 자신감이 새롭게 솟아올랐다.

나무로 다가가다 보니 이내 발밑에 밟히는 느낌이 다른 게 느껴졌다. 앞마당의 잔디를 밟다가 이제는 목조 바닥을 걷고 있었다. 아래를 내려다보니 나뭇잎과 깎인 풀 아래 무언가 숨겨져 있었다. 밧줄을 당겨 여는 낙하문이었다. 저택 내부에서는 들어갈 수 없는 저택의 지하로 들어가는 비밀 문이었다! 이 안에는 어떤 위험이 숨겨져 있을까? 나는 뭘 찾아야 할까?

두꺼운 밧줄을 힘들게 당겨 문을 열고 아래를 내려다보았다. 촛불 불빛 아래 돌 계단이 모습을 드러냈다. 당연히 안으로 들어가야 했다. 지하 터널까지 오게 만드느라 누군가 꽤나 애를 썼다 싶었다. 차가운 돌바닥을 가로질러 가자 나무 문이 나왔다.

문을 열고 들어갔다. 와인 통이 더러운 테이블 주위에 둥그렇게 늘어서 있었고,

와인 잔을 잡고 있는 팔 하나가 테이블로 뻗어 있었다. 내가 다가가자 의자 등받이 반대편에서 쉰 목소리가 들려왔다.

"왔군. 딱 시간에 맞췄어."

누군지 보려고 방을 가로질러 갔다. 내 여행을 계획하고 셜록 홈스의 실종 배후에 있는 사람이 바로 이 사람이었다. 그 인물과 얼굴을 마주하고 나는 눈이 휘둥그레졌다. 홈스가 자기 집인 양 격의 없이 의자에 앉아 있었다.

"이런, 홈스. 대체 여기서 뭘 하고 있는 거야?" 나는 다짜고짜 질문을 퍼부으려다가 그가 하도 태연한 데다 무심하게 보일 정도로 침착해서 기세가 한풀 꺾였다. "자네가 납치된 줄 알았다네."

"날 뭘로 보는 거야, 왓슨?"

"내게 헛수고를 시키지 않을 사람으로 봤지."

"왓슨, 내가 한 일은 모두 다 그래야만 해서 그런 거야. 다 소득이 있는 일이었어. 내 약속하는데, 모든 걸 다 설명해주지. 하지만 먼저 자네 도움이 필요해."

"런던에 있을 때 내게 도와달라고 할 수도 있었잖나." 내가 쏘아붙였다.

"그럴 수 없었다네, 친구. 내가 안전한지 확신할 수 없었거든. 그리고 솔직히 나를 포함해서 그 누구도 믿을 수가 없었고."

"이해가 안 돼." 내가 고개를 저으며 말했다.

"자네는 이해 안 된다고 그만둔 적은 없잖아." 홈스가 미소를 지으며 답했다. "자,

자네가 마셔야 하는 것을 준비했네."

"뭘 마시라고? 자네 전력을 고려할 때 내게 마시라고 하는 건 믿을 수가 없는데."

"말도 안 되는 소리."

홈스는 의자 아래에서 새 잔을 꺼내 내 눈 앞으로 내밀었다. 그가 내 쪽으로 잔을 기울였고, 그 문제의 액체는 빠르게 내 입 안으로 흘러 들어왔다. 톡 쏘면서 씁쓸한 맛이었다. 즉시 구역질이 올라왔지만 나는 간신히 토하지 않을 수 있었다.

"이게 뭔가, 홈스?" 불안함이 밀려들어 내가 물었다.

"이 액체는 평소에 내가 생각하는 상태와 비슷해지도록 자네 정신을 각성 상태로 만들어줄 거야. 내가 자네에게 정보를 전달하게 도와주면서 자네가 나라면 어떻게 할지 생각하게 해주는 약이야. 시간이 좀 걸릴지도 모르지만, 우리가 올바른 결론에 도달하려면 어쩔 수가 없어."

시야가 흐려졌다. 나는 머리를 흔들어 눈앞에 보이는 이 남자를 떨쳐보려고 했다. 내가 아는 홈스가 아니었다.

"이 약을 먹으면 나는 어떻게 되는 건가?"

"그 약이 어디론가 데려갈 거야, 왓슨."

"이해가 안 돼. 어디로 나를 데려가는데?"

"내 정신의 궁전이네, 친구."

나는 고개를 들고 홈스의 눈을 직시했다. 그가 너무 진지해서 나는 침착해졌다. 나는 의식을 잃고 그의 세계 속으로 흘러 들어갔다.

제4장

정신의 궁전

정신의 궁전

정신을 차리고 보니 있는 곳이 어디인지 말하기 힘들었다. 여기서 깨어났다고 해야 하나? 아니면 잠들었더니 가게 된 곳이 여기라고 해야 하나? 어떤 쪽이든 나는 여기에 와 있었다. 경탄을 자아낼 정도로 아름다운 사원 안이었다. 이를테면 황금색 버전의 타지마할 같은 곳이었다. 하늘에는 곡선과 직선이 구부러지고 접히면서 소용돌이치고 있었다. 이건 홈스가 내게 약을 먹였기 때문이었다.

정신의 궁전

웅웅거리는 홈스의 목소리가 머릿속에서 울려 퍼졌다. 마치 연설을 하는 사제의 목소리 같았다. "자네의 의식을 생각으로 환원시켰네. 자네의 상상력과 내 말이 합쳐져서 내가 봐야 하는 것을 보게 도와줄 거야. 답은 여기 어딘가에 있어. 하지만 현재 나는 알아낼 수가 없네. 이제 자네에게 달렸어, 왓슨." 그도 내 목소리를 들을 수 있을까? 나는 생각을 할 때마다 소리 내어 크게 말하고 있는 걸까? 내가 처한 상황이 두려웠다. 하지만 당장 빠져나올 방법은 없는 것 같아서 홈스가 등 떠미는 일을 할 수밖에 없었다. "그건 폭포에서 시작되었네." 홈스의 목소리가 이어졌다.

다음 순간 사원 꼭대기에서 물줄기가 쏟아져 시야를 가렸다. 홈스의 말이 현실이 되고 있었다. 나는 물줄기가 떨어지면서 만들어내는 파문에 넋이 나가 있다가 물줄기가 쏟아지는 지붕을 올려다보았다.

갑자기 그 지붕이 사라지고 스위스에 있는 라이헨바흐 폭포가 되었다. 두 인물이 내가 있는 곳 위쪽 절벽 가장자리에서 몸싸움을 하고 있었다. 홈스와 모리아티 교수였다. 모자 하나가 벗겨져 아래쪽 바위로 떨어졌다. 모자는 여러 조각으로 나뉘더니 각 조각이 새로운 모자 모양이 되면서 우수수 떨어졌다.

다시 위를 올려다보자 두 인물은 사라지고
없었다. 발밑의 물이 퍼져 나갔다. 중력을
견디는 힘을 잃은 듯, 빛이 프리즘을
통과해 빛나는 것처럼 반짝이며 물방울이
사방으로 흩어졌다. 어느 친구가 그린 그림
속 물감처럼 낯익은 무늬를 그리며 하늘을
캔버스 삼아 색이 모여들었다. 그리고
셜록 홈스가 그 물감 줄기 뒤에서 사냥
모자를 쓴 채 걸어 나왔다. 폭포에서 떨어진
모리아티의 모자인 게 분명했다.

정신의 궁전

홈스가 말했다. "왓슨, 나와 똑같이 추리하기 위해서는 내 정신이 어떻게 움직이는지 자네가 이해하는 게 중요하네. 내게는 색이 모든 것이야. 소리, 감정, 동작 그리고 말은 색과 결부되거든. 색이 먼저이고 그 다음에 색이 다시 감정과 연관된다네. 언뜻 보기에 아무 관련 없는 것들 간에 상관관계를 알아내는 것은 이 과정에서 가능해. 이런 현상을 공감각이라고 부르는 걸로 알고 있네."

나는 대답하려고 했지만 내 정신은 이미지와 소리가 뒤섞여 넘쳐날 지경이었다. 그래서 그냥 내게 주어지는 것들 속으로 즐겁고 편하게 빨려 들어갔다. 하지만 내 정신은 어두운 길을 따라가고 있었다. 물감 줄기가 모양을 바꾸면서 점점 더 어두워지다가 완전히 까매졌다. 내 앞에 있는 흑백 캔버스에는 실루엣만 남았다.

"불행하게도 이 색 가운데 몇몇은 내 안에서 끔찍한 감정을 불러일으켜. 날 짓누르고 고갈시키는 고질적인 감정이지. 나는 이 고통을 여러 가지 방법으로 둔하게 만들 수밖에 없다네."

새까만 웅덩이가 짙은 빨강이 되었다. 핏빛이었다. 각 웅덩이마다 그 위에 한 사람이, 아니, 시체 하나가 있었다. 모종의 사고나 살인 피해자로 보였다. 홈스의 목소리가 시체 이름을 하나씩 대기 시작했다. "M. 프랭코, P. 라플, B. 볼턴……"

D. DOTAIN
D. 도튼

M. FRANKO
M. 프랭코

P. LAPPEL
P. 라플

O. TOADIE
O. 토디

B. BOLTON
B. 볼턴

C. STREEK
C. 스트리크

T. BALOCK
T. 발록

E. FERBON
E. 퍼본

S. BONNER
S. 보너

T. BLACKE
T. 블랙

I. BELFER
I. 벨퍼

S. DOTTEO
S. 도티어

F. FASCER
F. 파서

O. FOSTER
O. 포스터

R. BEACON
R. 비컨

ROOFER
루퍼

B. TOILED
B. 토일드

• **REGENT'S PARK**
리젠츠 파크

• **BAKER STREET**
베이커 스트리트

• **ST MARY'S HOSPITAL** 세인트 메리 병원

• **PADDINGTON**
패딩턴

ℰ

• **HYDE PARK**
하이드 파크

GREEN PARK •
그린 파크

BUCKINGHAM PALACE •
버킹엄 궁전

• **KENSINGTON**
켄싱턴

이 경험은 불편했다. 나를 뿌리째 흔들어대는 듯한 두려움이었다. 하지만 처음 겪어보는 감정이기도 했다. 이건 마치 시체의 크기, 시체의 색, 그 위에 드러나는 패턴과 시체 각각의 이름 속 문자 간의 관계를 알 수 있을 것 같은 그런 느낌이었다. 각각 어떤 의미인지 알아낼 수 있다면 그 패턴을 더 잘 이해할지도 몰랐다. 그때 갑자기 속삭이는 소리가 들리면서 골똘하던 시선이 흩어졌다.

"런던."
누구 목소리인지 알 수 없었다.
내 목소리인지도 몰랐다. 하지만 내가 집이라 부르는 도시를 생각나게 했다. 홈스가 런던의 모처로 나를 인도하고 있었다. 나는 중요한 장소를 기억하려고 했지만, 수없이 많은 생각이 밀려들면서 어디로 시선을 돌려 홈스가 주는 단서를 즉시 파악해야 하는지 알 수가 없었다.

• **BATTERSEA PARK**
배터시 파크

정신의 궁전

아래쪽에서 지도가 솟아올랐다. 홈스가 베이커 스트리트에 있는 게 보였다. 그는 나를 올려다보더니 문맥상 무슨 말인지 모르겠는 몇몇 단어를 말했다.

"고양이. 샵. 칼. 파이프. 하트. 우산."

홈스가 내뱉은 단어가 그 물건이 되었고, 빙글빙글 회오리를 그리며 날아가면서 다른 물건을 끌어올렸다. 이들 물건이 내가 글을 쓴 한 사건과 관련되어 있다는 생각이 번뜩 떠올랐다. 내 기억이 맞다면, 레스트레이드 경감이 지나가면서 한번 언급했던 살인사건이었다.

홈스가 경감에게 그 사건은 드러나 보이는 개연성만 보면 안 된다며, 그 이상이 있다고 알려주었지만, 경감은 그 사건은 밝힐 게 다 밝혀져서 종료되었다고 고집을 피웠다. 아마도 그 이후 이 사건은 홈스의 머릿속에서 계속 골칫거리였던 듯싶다. 아니면 다른 연관 관계가 있어서 떠올린 걸까? 하지만 그의 정신은 추리를 해낼 상태가 아니었고 세부사항조차 기억하지 못하는 듯했다. 이제 그건 내 몫이었다.

조금 전에 형체를 잃은 색을 둘러보았더니 스테인드글라스가 각진 모습으로 빛을 내며 떠올라 모여들며 거대한 곤충 모습을 이루기 시작했다. 몸집이 불어날 때마다 창문에는 작고 둥근 모양이 보이며 커졌다 작아졌다 하고 있었다. 마치 들어갔다 나왔다 하며 구멍과 입구를 찾는 쥐들 같았다. 다음 순간 모자가 우르르 몰려와 시야를 덮었다.

- **WESTMINSTER**
  웨스트민스터

- **ARCHBISHOP'S PARK**
  아치비숍스 파크

- **ST JOHN'S CHURCH**
  세인트 존 교회

- **KENNINGTON**
  케닝턴

- **THE OVAL** 오벌 크리켓 경기장

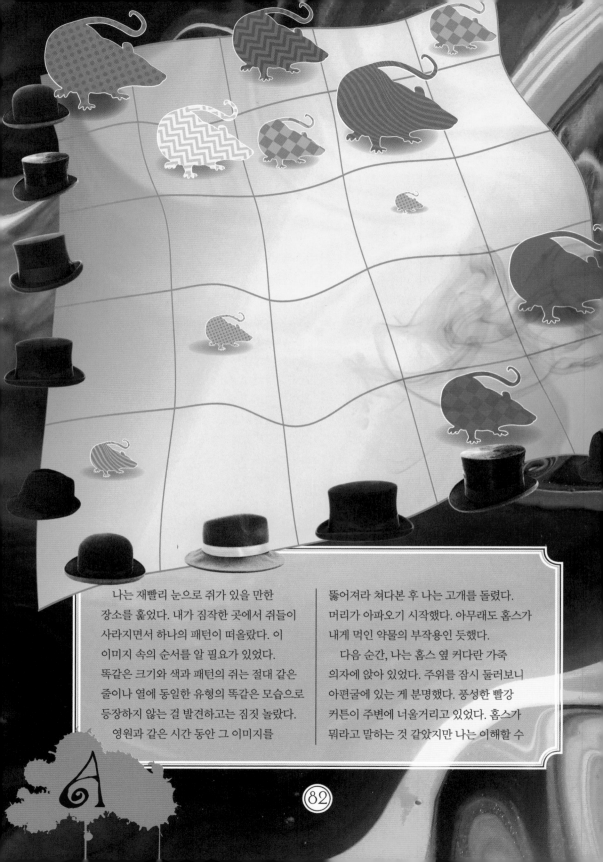

나는 재빨리 눈으로 쥐가 있을 만한
장소를 훑었다. 내가 짐작한 곳에서 쥐들이
사라지면서 하나의 패턴이 떠올랐다. 이
이미지 속의 순서를 알 필요가 있었다.
똑같은 크기와 색과 패턴의 쥐는 절대 같은
줄이나 열에 동일한 유형의 똑같은 모습으로
등장하지 않는 걸 발견하고는 짐짓 놀랐다.
영원과 같은 시간 동안 그 이미지를

뚫어져라 쳐다본 후 나는 고개를 돌렸다.
머리가 아파오기 시작했다. 아무래도 홈스가
내게 먹인 약물의 부작용인 듯했다.
다음 순간, 나는 홈스 옆 커다란 가죽
의자에 앉아 있었다. 주위를 잠시 둘러보니
아편굴에 있는 게 분명했다. 풍성한 빨강
커튼이 주변에 너울거리고 있었다. 홈스가
뭐라고 말하는 것 같았지만 나는 이해할 수

없었다. 그는 자켓 안쪽에서 봉투를 꺼내 내밀었다. 앞면에 쓰인 이름을 알아볼 수 없었다. 하지만 나는 손을 내밀어 봉투를 열고는 안에 든 편지를 꺼냈다. 어쨌든 그렇게 하는 게 홈스의 의도인 것 같았다.

거기 적힌 말은 온통 이상한 소리였지만, 무슨 내용인지는 이해할 수 있었다. 그건 런던 모처에서 일하지 않겠냐고 지방 멀리 살고 있는 한 남자에게 보내는 취업 제안이었다. 그의 능력에 대한 소문이 널리 퍼져 있다고 했다. 급여로 제시한 액수는 터무니없어서 거절하기 힘들 것 같았다. 진짜라고 믿기에는 너무 좋은 제안이었다. 이런 일자리는 업무 이외에 무언가 더 있을 것이 분명했다.

고개를 들었더니 홈스가 기도를 하고 있었다. 다소 묘한 광경이었다. 그는 줄곧 "아멘, 아멘"을 읊조리고 있었다.

"아멘." 그가 고집스레 말했다.

나는 홈스의 의도를 파악할 수 없었다.

"아멘!" 홈스가 고함을 질렀다.

그는 기도를 하는 게 아니었다.

"어 맨!" 홈스가 좀 더 또렷하게 말했다.

그럼 그렇지. 홈스는 내게 한 남자를 찾아달라고 청하고 있었다. 편지의 수신인인 남자를. 남자의 이름이 필요했다.

"그런데 어디서 찾아야 해?"

내가 홈스를 이끌어야 했다. 문제의 그 사람도 알아내야 했고, 더 많은 것을 알아내기 위해 우리가 어디로 가야 할지도 내게 달려 있었다. 나는 넘어지는 듯한 느낌이었다. 내 주변의 모든 것이 희미해지고 색이 남아 있는 몇몇 구역만 볼 수 있었다. 내게 남겨진 거라고는 이들 색뿐이었다. 나가는 길은 단 하나였다. 이름과 장소가 필요했다.

이름과 장소를 모두 알아내면 다음으로 넘어갈 수 있어요.

힌트
고급자용 - 183쪽
중급자용 - 187쪽
초급자용 - 193쪽
해답 - 206쪽

88

정신의 궁전

"볼턴…… 세인트 메리 병원."

"고맙네, 친구." 홈스가 온화하게 말했다.

"볼턴……. 어…… 내가 깨어 있는 건가?"

내 의식은 아까 홈스를 발견한 지하 와인 저장고로 돌아와 있었다. 나는 그가 앉았던 의자에 축 늘어져 있었다. 약간 혼란스러웠지만 왠지 활기가 돌았고, 식은땀이 이마에 송글송글 맺혀 있었다. 그 어떤 때보다 더 깨어서 제정신인 느낌이었다.

"기분은 어때, 왓슨?"

"아주 좋아."

"그럼 됐네."

"나를 짓누르던 무게가 치워진 것 같다네. 그 무게를 애당초 짊어지지 않았더라면 느꼈을 기분보다 더 좋은 기분이야."

"그야 언제나 그렇지만, 별다른 수도 없었잖아."

홈스가 미소를 지었다.

"그런데," 내가 목소리를 낮추며 말문을 열었다.

"지금 막 무슨 일이 일어났던 건가?"

"내가 풀 수 없었던 걸 자네가 해결한 건지도 몰라."

"내가 해결했다고?"

"세인트 메리 병원에 있는 볼턴. 그 둘이 연결고리가 있었어. 내 눈에는 안 보였거든."

"왜 못 봤는데?"

"복용 중인 약 때문에. 필요해서 먹기는 하는데 감각과 정신을 둔하게 만든다네. 우리가 얘기하고 있는 이 일은 시간이 촉박한 문제일 수 있어. 그래서 자네 도움이 필요했네. 자네를 내 정신의 궁전과 가장 비슷한 상태로 만들어 내게 있는 정보만 주입하면 나와 똑같은 방식으로 자네가 추리할 수 있을 거라 생각했네."

"어, 그럼 그게 자네 목소리였나?" 내가 물었다. "내가 본 모든 환상과 아편굴, 시체와 쥐도?"

"어느 정도는 그렇네." 홈스가 세부 사항을 전부 말해주지 않고 대답했다.

"그런데, 여기에서는 대체 무슨 일이 벌어지고 있는 거야?"

"아, 나도 아직 모르겠네. 자네가 막 겪은 일은 이 수수께끼의 중심은 건드리지도 못하고 이제 고작 그 경계가 어딘지 알아낸 거니까."

"이해가 안 되는데."

"나도 이해가 안 돼, 왓슨. 하지만 그게 바로 재미가 아닌가?"

나는 더 질문하고 싶었으나, 깨어나면서 느꼈던 아드레날린 기운이 사그라들면서 사지가 피곤으로 축 늘어지며 하품이 나오는 걸 참을 수가 없었다.

"오늘은 무리했어. 그만 잠자리에 들게나. 내일 할 일이 많으니까."

"내일 무엇을 할 건가?"

"런던으로 돌아갈 거야. 처음 들를 곳은 세인트 메리 병원이야."

나는 더 듣고 싶었지만 홈스는 그저 어깨만 으쓱해 보이며 예의 침묵을 지켰다.

"지금 자네가 왜 런던에서 이렇게 멀리 떨어진 곳에 와 있는지 모르겠네. 그것도 쿠컴처럼 뚱딴지 같은 곳에 말이지."

"좀 기다려 주게, 친구. 내일 대답할 시간이 있을 거야. 잠자리에 들게."

"자네는?" 내가 물었다.

"난 할 일이 있네. 그리고 이 약도 마실 양이 충분히 남았어."

나는 친구가 일단은 살아 있는데다 겉보기에는 멀쩡해 보여서 기쁨의 미소를 지었다. 내일 우리가 함께 일해서 일이 잘 풀리기를, 예전처럼 그렇기를 바랄 뿐이었다.

━━━━◆◆◆━━━━

누군가 침실 문을 두드리는 소리에 잠에서 깼다. 푹 잔 것 같지 않았다. 의식이 깨어 있지 않은데 노크 소리가 나를 끌어내는 기분이었다.

"왓슨, 일어나야 할 시간이야."

홈스의 목소리가 문 밖에서 들려왔다. 나는 예전과 같다는 안도감이 주는 긍정적인 느낌이 들어서 미소를 지었다. 한동안 느끼지 못했던 기분이었다.

"금방 갈게." 내가 더듬거리며 대답했다.

단장할 시간이 없어서 방 밖으로 나온 내 모습은 마음에 들지 않게 어수선했지만, 어쨌든 떠날 준비는 되어 있었다. 홈스는 계단 아래에서 기운과 열정이 넘치는 모습으로 나를 맞았다.

"잘 잤어?" 내가 물었다.

"지금 시점에서 더 잔다고 도움이 되는 건 별로 없어."

"자네한테는 그럴지도 모르지……" 내가 반박했다.

"자, 가지, 왓슨. 마운트 저택 근처를 좀 둘러보자고."

우리는 저택에서 나가 길을 따라 내려갔다. 홈스가 이 집의 열쇠를 어떻게 얻었는지 궁금했다.

"분명, 이 집을 사용하는 허가를 어떻게 얻은 건지 궁금할 테지."

홈스의 추리 실력은 여전히 뛰어났다.

"굉장히 간단하네, 친구."

"말해 보게." 내가 재촉했다.

"이 저택의 가족 중 유일하게 살아 있는 구성원이 집을 비우는 것만 알면 허가가 필요 없지."

홈스는 87년도에 우리가 해결했던 해리스 사건의 지식을 이용했던 것이다. 가족의 휴가 계획을 알고 있던 터라 여기를 아무런 연관도 없는 안전한 장소로 삼은 셈이었다. 홈스가 왜 이렇게 멀리까지 왔는지 궁금했다. 그러다 어젯밤 탔던 마차가 있는 곳에 도착했고, 또 다시 그 소년이 우리와 함께 마차에 탔다. 목적지에 다 왔을 즈음 홈스가 내게 몸을 기울이더니 말했다. "저 소년에게 사례할 걸 좀 찾아보게나, 왓슨."

"돈 말인가?"

홈스는 다 알고 있다는 듯이 한쪽 눈썹을 치켜 떴다.

"아니. 가지고 있으면서 우리를 기억할 무언가. 아이가 지니고 있을 수 있는 걸로. 필요한 물건 외에 가지고 온 게 없나?"

나는 머릿속을 뒤져보았고, 짐과 같이 챙긴 홈스의 그림에 생각이 미쳤다. 홈스라면 그걸 아이에게 주지 않을까?

"안성맞춤이군. 이 아이의 장래희망이 화가니까." 홈스가 말했다.

아이는 좋아하면서 역에 도착할 때까지 그림에서 눈을 떼지 못했다. 홈스는 마부에게 돈을 건네고 악수를 했다. 우리는 플랫폼에서 기차를 기다리며 조용히 서 있었다. 내가 선택한 침묵은 아니었다. 내가 대화를 시작하려고 할 때마다 홈스는 대화를 나눌 장소가 아니라면서 나를 저지했다. 드디어 기차가 도착하고 자리를 찾아 앉아서야 홈스는 머릿속에 품고 있던 생각을 풀어놓았다.

"왓슨, 내 친구. 라이헨바흐 폭포 사건 이후로 나는 몸이 편치 않았네. 죽을 정도는 아니지만 내가 입은 부상으로 인한 통증이 참을 수 없을 정도였거든. 통증을 달래기 위해 약을 먹다 보니 내 감각도 둔해지고 말았어. 평소 같으면 너끈히 했을 추리를 할 수가 없었고, 무언가 마음에 계속 걸리더라고. 어젯밤에 자네에게 내가 준 정보가 지금 우리를 한 장소로 이끌고 있는데, 나는 불안하기도 하고 두렵기도 해서 그 정보에서 장소를 추리해낼 수가 없었네."

"그렇군." 내가 대답했다.

"하지만 한 남자가 불온한 의도를 품고 나를 따라오는 것을 알아챘을 때 나는 모든 일에 시간이 중요한 요소라는 걸 깨달았네. 내가 스스로 해결책을 찾아낼 수 없어도 이

수수께끼는 풀려야 해. 그리고 일단 런던에서 몸을 피하는 게 더 중요했다네. 내 목숨이 위험한데 누가 날 노리는지 알 수 없었거든."

"그래서 이 사건에 내가 필요한 건가?"

"왓슨, 난 항상 자네가 필요해. 자네 없이 해결할 수 있는 일은 거의 없어."

홈스가 편집증적인 모습을 보였어도 메이든헤드를 거쳐 런던 패딩턴역까지의 여정은 순조로웠다. 돌아오는 길에는 잠겨서 안 열리는 문도 없었고, 표를 보여달라고 우기는 검표원도 없었다. 도착하자마자 우리는 역에서 얼마 떨어져 있지 않은 세인트 메리 병원으로 갔다. 홈스는 즉시 당번 간호사를 만났다.

"실례합니다. 저는 셜록 홈스라고 합니다. 이쪽은 의사인 존 왓슨 박사입니다. B. 볼턴 씨의 기록을 봐야 합니다만."

"죄송합니다. 이렇게 무턱대고 와서 기록을 요구하시면 안 됩니다."

"제 동료 말은, 우리가 볼턴 씨의 담당의와 그의 기록을 보며 회의를 한다는 뜻입니다." 내가 끼어들어 말했다.

"담당의가 누구였지요?"

"음, 볼턴 씨 담당의는 병증으로 봤을 때 여럿인데요." 내가 꾸며댔다.

홈스는 한 걸음 뒤로 물러나서 내가 계속 말을 하게 두었다.

"그분의 병증요?" 간호사가 물었다.

"제가 그분의 개인 정보를 발설한 처지가 못 됩니다." 내가 재빨리 답했다.

"음, 볼턴 씨를 마지막으로 진료한 분은

맨스필드 선생님입니다."

"그러면 우리는 그분을 만나야 합니다."

"내려오시라고 전하겠습니다."

"아, 정말 친절하시군요." 홈스가 끼어들었다.

홈스가 뒷전으로 물러나 즐기고 있는지는 알 수 없었다. 하지만 그는 미소를 지은 채 접수계 가까이에 자리를 잡고 앉아서는 그 뒤 벽에 붙은 병원 지도를 살펴보았다. 얼마 지나지 않아 의사가 모습을 드러냈다.

"수술실을 보러 오신 겁니까?" 그는 딱히 인사말도 건네지 않고 말문을 열었다. "이쪽으로 오시지요."

홈스는 책상 너머로 손을 뻗느라 의사의 말을 듣고 있지 않았다. 의사와 나는 그런 홈스를 이상하다는 듯 쳐다보았다.

"민트 드실 분?" 홈스가 책상 뒤에서 찾은 걸 자기 주머니 속에 넣으며 물었다. 의사가 돌아서서 앞장섰다.

우리는 아무런 질문도 하지 않고 따라갔다. 우리는 이상한 상황에 처한 걸까? 아니면 이 의사가 누군가를 기다리고 있었던 걸까? 그는 문을 열고 우리를 안으로 인도했다. 몇 발자국 걷자 화학 약품 냄새가 코를 찔렀다. 나는 볼턴 씨는 어떻게 되었냐고 돌아서서 물었다.

의사는 분노로 가득 찬 얼굴을 보이고는 행동으로 응답했다. 그는 문을 꽝하고 닫더니 문을 걸어버렸다. 잔뜩 긴장한 내가 문으로 달려가려고 하자 홈스가 막았다.

"자네는 왜 전혀 걱정하지 않는

표정이야?" 내가 물었다.

"왜냐면 말이지, 왓슨, 이건 우리가 제대로 찾아왔다는 뜻이기 때문일세."

셜록 홈스와 나는 수술실에 갇혔다. 여기 어딘가에 우리에게 필요한 답이 있었다.

제5장

수술실

수술실

처음에 느낀 본능대로라면 쾅 닫힌 문이 정말로 잠겼는지 다시 확인해야 했지만, 그럴 필요 없어 보였다. 홈스가 침착한 것을 보니 일이 계획대로 돌아가고 있지는 않더라도 수용할 수 있는 범위 안에서 영망인 영역 안에 있다는 확신이 들었다.

그때 홈스는 조사에 몰입하고 있지는 않았다. 그는 뭔지 확실히 모르겠는 어떤 것에 시선을 고정한 채 천장을 올려다보고 있었다. 말을 걸려고 다가갔지만 홈스가 오지 말라고 손짓했다.

"이 근방을 샅샅이 뒤져보는 게 도움이 될 것 같네, 왓슨." 홈스가 정신이 팔린 채 중얼거렸다.

나는 미소를 지으며 고개를 설레설레 저었다. 원래 홈스로 돌아온 듯 보였다.

그런데 우리는 왜 여기에 있는 걸까? 이게 내 주된 관심이었다. B. 볼턴이라는 이름이 우리를 이 수술실로 인도했는데, 추측하기에

볼턴은 아까 그 의사의 치료를 받은 것 같았다. 그에게는 무슨 일이 일어났고, 지금 어디에 있는 걸까? 최근 환상 속에서 보았던 런던 지도가 떠올랐다. 이 다음에는 그 장소 중 하나로 가게 되는 걸까?

주위를 둘러보니 한 사람이 빠르게 검토하기에는 둘러볼 게 너무 많다 싶었다. 하지만 홈스는 여전히 내게 한 마디 힌트도 없이 위쪽만 뚫어져라 쳐다보고 있었다. 그의 시선을 따라 올려다보았지만 대체 무엇이 그의 흥미를 끌고 있는지 알 수가 없었다. 머리 위에는 파이프 같이 생긴 배수관으로 보이는 시설이 있었다. 수술실 위에 왜 배수관 같은 게 있을까? 내용물은 어디로 가는 거지? 그 아래 더러워진 타일을 보니 답이 나올 듯했다. 청소한 지 꽤 된 것 같았는데 타일들이 맞닿아 이루는 선을 누군가 알 수 없는 이유로 군데군데 막아놓았다. 그리고 주위에는 문자와 숫자가 써 있었다.

수술실 한가운데를 차지한 것은 당연히 수술대였다. 환자가 거기에 누우면 전문가들이 둘러서서 본격적으로 치료하기 전에 어떤 순서로 무슨 시술을 할지 논할 것이다. 그 가까이에는 마취제를 투약하는 기계가 있었다. 마취제는 수술실에 들어온 지 불과 몇십 년 안 된 물질이었다. 마취제를 써서 고통을 없애면 보다 쉽게 수술을 진행할 수 있었다. 나도 의사로서 전문 지식을 쌓았지만 마취제를 여러 가지 방법과 분량대로 적절하게 투약할 수는 없었다. 다만 방 건너편에 이런 저런 병과 용기를 모아둔 곳 옆에 있는 수술 보조용 차트는 볼 수 있었다.

"고통을 덜어주는 거지, 왓슨?" 홈스가 물었다.

"사실, 자네가 마취제에 흥미가 있을 거라는 생각을 했어야 하는데 말이지."

"내 통증은 잦아들고 있네. 필요한 약만 먹고 있어."

"아니, 그 단어의 기원 말이야."

"뭔지 알려주게."

"그러니까 '마취제'라는 용어를 만들어낸 사람은 올리버 웬들 홈스라는 의사야. 자네 친척은 아니지?"

"친척인지 알 수는 없어." 홈스가 눈썹을 치켜 올리며 대답했다.

나는 자리를 옮겨 각 물질을 환자의 체중에 따라 얼마만큼씩 써야 하는지 결정하는 수치를 언뜻 점검했다. 하지만 제대로 된 양을 계산해낼 만큼 오래 보지는 않았다.

정확한 마취제 양을 결정하려면 환자의 체중을 알아야 한다. 체중을 알면 다음 작업을 할 수 있다. 코카인, 이산화질소, 에테르를 정확한 양으로 계산해야 한다. 작업을 단순화하기 위해, 각 재료는 각 물질의 '단위' 수로 지칭한다.

----

* 코카인은 반드시 에테르와 3 대 2단위 비율로 사용해야 한다.

* 사용할 에테르 단위를 계산하려면, 환자의 체중에서 파운드 값을 반으로 나눈 후 이 수를 그 체중의 스톤 단위 앞 숫자에서 뺀다. 즉 환자의 체중이 8스톤 4파운드라면, 4를 반으로 나눈 수를 8에서 빼서, 8-2=6, 즉 6단위가 에테르 양이 된다. (영국에서는 체중을 '몇 스톤 몇 파운드'로 기록한다. 1스톤은 약 6.35킬로그램이다. __ 여주)

* 이산화질소도 몇 단위가 필요한지 알아야 한다. 이산화질소는 초산 암모니아를 가열해서 얻을 수 있다. 얼마큼의 이산화질소가 필요한지 계산하려면 체중의 스톤 단위 앞 수와 파운드 단위 앞 수를 더해야 한다.

* 이산화질소 1단위를 만들려면 초산 암모니아 12단위를 가열해야 한다. 필요한 양을 계산하라. 숫자가 커질 것이다. 가열하는 과정에서 일부가 사라지기 때문에 초산 암모니아를 추가로 20단위 더할 것을 권한다.

* 이산화질소를 모으려면 초산 암모니아를 물로 둘러싸인 홈통을 이용해 끓여야 한다. 사용할 물의 양은 초산 암모니아의 양에 정비례한다. 초산 암모니아의 단위를 10으로 나눈 후 우수리 값은 버려라.

* 스톤 단위와 파운드 값 앞의 숫자를 더해서 첫 번째 수를 구하라. 환자의 체중을 실제보다 약간 무겁게 잡는 것이 안전하다. 그래야 환자가 수술 중에 의식을 되찾는 일이 없다. 두 번째 수를 구하려면 첫 번째 수에 1을 더하라.

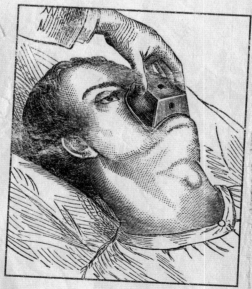

• 세 번째 수는 에테르 단위 수다.

• 네 번째 수는 코카인 단위 수다.

• 다섯 번째 수는 사용된 물을 나타내는 단위 수 중 세 번째 수다.

• 여섯 번째 수는 사용된 초산 암모니아 단위 수의 모든 자릿수를 더해서 구한다.

• 일곱 번째 수는 이산화질소의 단위 수다.

• 이 수들을 나열해보라. 이제 오직 진정 뛰어난 A1 학생만이 그 적절성을 이해할 것이다.

생각에 빠져 있는데 홈스가 말을 걸었다. "자네라면 머리카락을 사겠나, 왓슨?"

나는 홈스가 서 있는 구석을 바라보았다. "이 병동은 정신 병동과 공간을 공유하는군. 부자들이 쓸 엄청난 양의 가발이 여기서 나와."

"뭐라고?" 나는 믿을 수 없고 이해도 잘 되지 않아서 되물었다.

"의사인데 이 사실을 모르고 있다니 놀랍군."

"나는 정신 건강 진료 쪽은 잘 모르네. 무슨 말인지 알려줘."

"이건 진료와는 관계 없네. 하지만 가발업자는 원하는 머리카락을 여기 환자들에게서 구할 수 있어. 가격만 맞는다면 말이지."

"머리에 이가 있는 환자들이 머리카락을 다 밀어버리고 가발로 대신하려고 하는 건 많이 봤네. 하지만 머리카락을 구하는 과정에 관심을 가져본 적이 없었어."

"가발제작자는 어딘가에서 머리카락을 구해야 하지 않겠나." 내 무관심에 홈스가 머쓱해져서 답했다.

구석에 있는 테이블 위해 놓인 가발을 재빨리 훑어보고 나는 고개를 저었다. 왜 수술실 안에 세팅되어 있는 걸까? 더욱 기묘한 것은 구매 가능한 가발의 카탈로그가 옆에 붙어 있었다는 점이었다.

X2 - 짧은 갈색 직모
X3 - 중간 길이 금발 직모
X4 - 긴 회색 직모
X5 - 긴 빨강 반곱슬모
X6 - 긴 황갈색 직모
X7 - 짧은 빨강
X9 - 긴 빨강 직모
X10 - 긴 갈색 직모
X11 - 짧은 금발
X12 - 긴 은색 반곱슬모
X14 - 짧은 회색
X15 - 긴 곱슬 금발

Y2 허즈워 신드롬

심각한 변색을 보임. 환자 눈에서 접액이 나오면서 눈꺼풀을 붙여버려서 눈을 뜰 수 없게 됨.

Y9 풍선 장애

폐로 과도한 공기를 들이마셔서 입을 다물 수 없게 됨. 다리 근육에 경련이 일어나서 곧게 펼 수 없게 됨.

Y5 이집트 감염

머리카락이 빠지고, 가슴 부위를 둘러싼 근막이 얇아지며, 심장 주변이 붉게 변함.

Y7 트리고 병

치아가 모두 빠지고, 다리 정맥이 튀어나옴.

Y1 칼렌그로이트

환자의 손이 알 수 없는 이유로 오그라들어서 손가락 네 개와 엄지 두 개만 보이는 상태가 되고, 귀가 심하게 붉은 색으로 변함.

수술실의 다른 곳에 비해 깨끗한 책상 하나가 내 주의를 끌었다. 위에는 불길해 보이는 편지 개봉용 칼을 빼고는 아무것도 없었다. 이 방에서 귀중한 작은 의료 도구를 봤다는 생각이 들었다. 나는 서랍을 열고 의료 기록을 꺼냈다. 이름이 누락되어 있지만 진단명과 증상은 다 적혀 있었다. 의사라서 알고 있는 지식이 또 한 번 쓸모가 있었다. 여기 적힌 모든 병은

허구였기 때문이다.

묘사된 병은 내가 전혀 모르는 병이고 거의 다 꾸며낸 말이었다. 아마도 특별한 목적으로 쓴 것이 틀림없었다. 이 중 하나를 골라낼 수 있다면 정보를 얻을 수 있을 것 같았다.

다른 서랍에는 여러 조각으로 나뉜 신체 그림이 들어 있었다. 뒤죽박죽인 이 그림은 다 맞추면 사람의 해부학적 구조를 나타낼 듯했다. 하지만 무슨 용도일까?

수술실

한쪽 구석의 파일 캐비닛이 눈에 들어왔다. 캐비닛 안에는 의료 기록이 가득 들어차 있었다. 나는 B. 볼턴의 정보가 담긴 서류가 있는지 인덱스를 손가락으로 훑으며 찾아보았다. 그 이름의 서류가 있었다! 이게 시작점이 될 수 있을 것 같았다.

"거기서는 우리가 찾는 사람을 발견할 수 없을 거야, 왓슨."

"이미 한번 본 건가?"

"그래. 그 사람의 기록은 없어."

서류를 훑어봤다. 물론 홈스의 말이 맞았다. 볼턴에 대한 정보는 없었다. 그의 파일에는 다른 여러 명의 기록이 있었다. 이들이 중요했던 게 분명했다. 홈스가 이 뻔한 사실을 놓친 것 같았다.

"홈스, 이 기록을 짚어주지 않았잖아."

"내가 언급했으면 자네가 유심히 안 볼 것 같아서 그랬네. 거기 정보는 꽤 많은데 이 방에서 다른 단서와의 연관성을 찾지 못하면 소용이 없을 것 같네."

"그리고 우리는 B. 볼턴에게 무슨 일이 일어났는지 아니면 최소한 어디서 그를 찾을지 알아내야만 하고 말이지?"

"바로 그거야. 왓슨."

나는 우리가 찾은 걸 죄다 훑어보았다.

다음에 어디를 가야 할지 알아내면 다음 장으로 넘어갈 수 있어요.

힌트
고급자용 - 183쪽
중급자용 - 188쪽
초급자용 - 194쪽
해답 - 209쪽

환자 번호: 409
이름: S. 햄튼
체중: 9스톤 2파운드
신장: 4피트 11인치
모발: 긴 금발
눈: 푸른색

환자 번호: 304
이름: N. 셰퍼드
체중: 8스톤 4파운드
신장: 5피트 1인치
모발: 긴 갈색
눈: 녹갈색

환자 번호: 262
이름: L. 페리가모
체중: 10스톤 12파운드
신장: 5피트 4인치
모발: 중간 길이 갈색
눈: 푸른색

환자 번호: 154
이름: G. 브라운
체중: 12스톤 10파운드
신장: 5피트 8인치
모발: 짧은 회색
눈: 갈색

환자 번호: 223
이름: F. 파핏
체중: 14스톤 4파운드
신장: 5피트 11인치
모발: 짧은 갈색
눈: 녹색

환자 번호: 857
이름: R. 부처
체중: 13스톤 6파운드
신장: 6피트
모발: 대머리
눈: 갈색

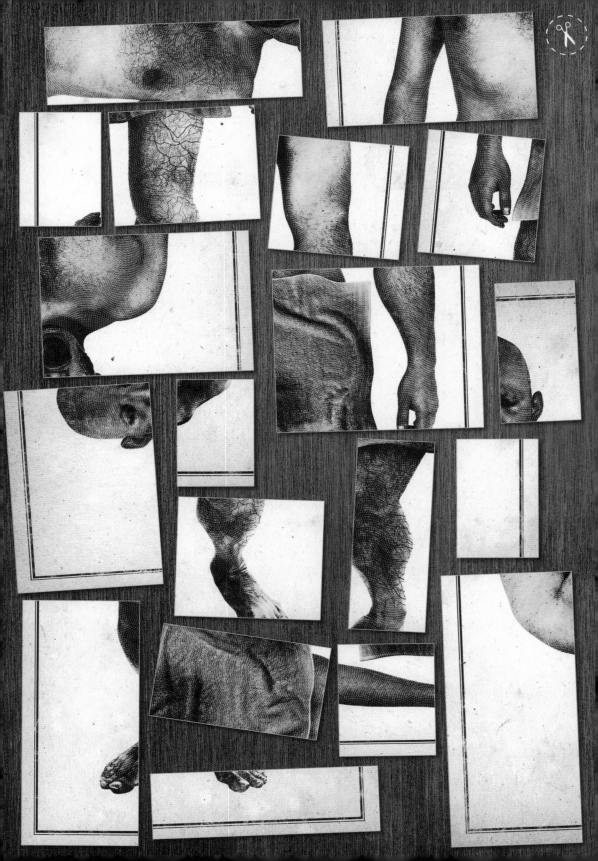

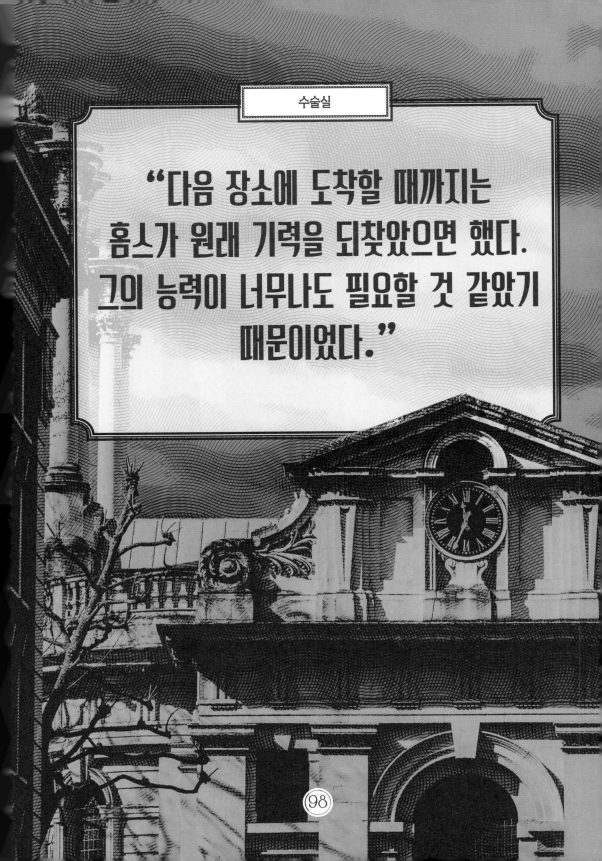

"다음 장소에 도착할 때까지는 홈스가 원래 기력을 되찾았으면 했다. 그의 능력이 너무나도 필요할 것 같았기 때문이었다."

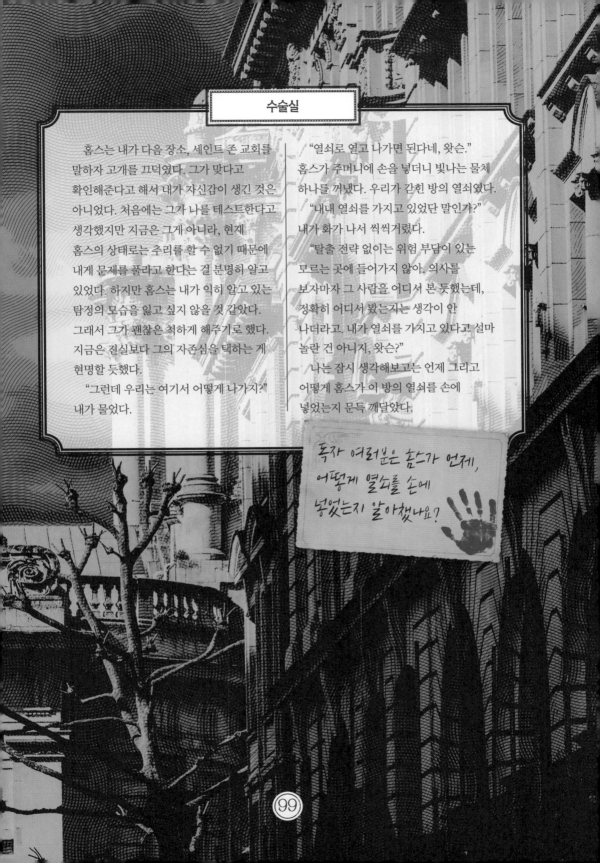

수술실

홈스는 내가 다음 장소, 세인트 존 교회를 말하자 고개를 끄덕였다. 그가 맞다고 확인해준다고 해서 내가 자신감이 생긴 것은 아니었다. 처음에는 그가 나를 테스트한다고 생각했지만 지금은 그게 아니라, 현재 홈스의 상태로는 추리를 할 수 없기 때문에 내게 문제를 풀라고 한다는 걸 분명히 알고 있었다. 하지만 홈스는 내가 익히 알고 있는 탐정의 모습을 잃고 싶지 않을 것 같았다. 그래서 그가 괜찮은 척하게 해주기로 했다. 지금은 진실보다 그의 자존심을 택하는 게 현명할 듯했다.

"그런데 우리는 여기서 어떻게 나가지?" 내가 물었다.

"열쇠로 열고 나가면 된다네, 왓슨." 홈스가 주머니에 손을 넣더니 빛나는 물체 하나를 꺼냈다. 우리가 갇힌 방의 열쇠였다.

"내내 열쇠를 가지고 있었단 말인가?" 내가 화가 나서 씩씩거렸다.

"탈출 전략 없이는 위험 부담이 있는 모르는 곳에 들어가지 않아. 의사를 보자마자 그 사람을 어디서 본 듯했는데, 정확히 어디서 봤는지는 생각이 안 나더라고. 내가 열쇠를 가지고 있다고 설마 놀란 건 아니지, 왓슨?"

나는 잠시 생각해보고는 언제 그리고 어떻게 홈스가 이 방의 열쇠를 손에 넣었는지 문득 깨달았다.

독자 여러분은 홈스가 언제, 어떻게 열쇠를 손에 넣었는지 알아챘나요?

수술실

홈스는 병원 지도를 보며 접수계 근처에
있었다. 아마도 열쇠가 거기 보관되어
있었으리라. 홈스는 의사를 알아보았다.
어디서 보았는지는 기억을 못했지만 최악의
상황이 일어날까 걱정이 되었다. 수술실로
가야 한다고 의사가 말하자마자 홈스는
나름의 조치를 취했다. 의심을 사지 않도록
민트를 집는다고 말하며 주의를 돌리고는
열쇠를 손에 넣었던 것이다.

"잘했네." 나는 인정했다. "하지만 그렇다면
왜 바로 나가지 않았지?"

"우리에게 필요한 정보가 이 안에
있으니까. 자네가 단서를 찾았으니 이젠
나가도 돼. 내가 진작 열쇠를 썼으면
누군가가 문이 잠기지 않은 것을
알아차리고 이것저것 물어봤겠지.
우리는 그러면 둘러볼 기회가
없었을 테고."

"기회 얘기가 나왔으니 말인데,
홈스, 이제 여기서 나가 교회로
가세."

"레오 교황이 자네를
자랑스럽게 여길 거야, 왓슨."
홈스가 미소를 지었다.

지도를 이미 숙지하고
있던 홈스는 조용한
통로를 따라 병원 밖으로
나가는 길을 무리 없이
찾았고 잠깐 틈을 타서
접수계 직원에게

미소를 지어 보이더니 큰 소리로 말했다.

"도움 감사드립니다."

답례로 알겠다고 직원이 끄덕여 보였다. 그리고 우리는 바라던 자유를 되찾았다. 밖에 마차 한 대가 기다리고 있기에 나는 서둘러 그 마차로 향했다. 그러자 홈스가 내 어깨에 손을 얹으며 말했다.

"마차가 기다리고 있다니 뭔가 꿍꿍이가 있을지 몰라. 현재 일어나고 있는 많은 일 뒤에는 보다 큰 음모가 도사리는 것 같으니까 걷다가 우연히 지나가는 마차를 이용하는 게 좋겠어."

홈스가 지나치게 조심스러울 수도 있지만 우연에 의지해보는 게 나쁠 건 없었다. 몇 블록 걷다가 마차를 잡아탔다. "자네도 나와 같은 질문을 하고 있을 거야, 왓슨. 왜 우리는 이름 하나를 좇아 세인트 메리 병원까지 갔고 거기서 뭘 알아냈을까?"

"맞아, 홈스. 그 이름은 병원에 없었어. 하지만 거기가 맞는 장소이긴 했어. 왜 그의 이름은 의료 기록 어디에도 없는 걸까?"

"왜냐하면 그는 실제 인물이 아니기 때문이네, 왓슨."

"무슨 소리인지 모르겠어."

"병원에서 그 사람에게 어떤 의료 시술을 했든, 그 사람에게 무슨 일이 일어났든 그건 우리가 찾지 못하도록 숨겨져 있었어. 그래서 아무 기록도 없었던 걸세. 그 사람의 진짜 이름인 R. 부처를 따라 이 수수께끼의 다음 단계로 가야 한다는 것만 알 뿐이네. 그리고 우리가 가는 교회에 있는 누군가가 그 사람을 알지도 모르지."

"아니면 그 사람일 수도 있고."

"그렇네, 친구. 이 여정에서 이름은 아무 의미도 없다는 추리를 세웠지. 우리가 만나는 사람이 누구든지 다른 사람 행세를 할 수 있거든. 그러니까 주의해야 하네."

홈스의 말이 머릿속에서 계속 맴돌았다. 앞서 홈스가 편집증 증상을 보인 것, 그의 머리가 약에 절어서 그럴 수밖에 없다고 추측했던 것이 결국 상당 부분 그렇다는 게 드러나지 않았던가. 의사가 우리를 가두기 전까지 우리 상황은 홈스의 계산에서 벗어나지 않았다. 하지만 이제는 그렇지 않다. 우리는 수수께끼 속으로 더 깊이 들어갔고, 한 걸음을 뗄 때마다 위험에 처할 가능성은 점점 커지고 있었다. 교회는 추리를 잘 해낸 걸까? 우리가 교회를 찾아내는 누군가의 의도대로 따라가는 것일까? 우리는 해답에 가까이 가고 있을까? 아니면 함정 속으로 걸어 들어가고 있을까? 물론 다음 단계가 어떻든 문제 되지 않았다. 홈스가 어떤 사건에 빠지면 그를 그 사건에서 떼어낼 방도가 없었다. 설사 내가 홈스와 아무런 관련이 없어도 나 역시 너무 궁금해서 더 조사하지 않을 수 없었을 것이다.

홈스 역시 자기 세계에 빠져 있었다. 생각에 잠겨 바짝 긴장하는 모습이 역력했다. 홈스는 자신의 능력을 쥐어짜내며 애쓰고 있었다.

내가 보기에는 홈스의 능력이 평소와 큰

차이 없었지만, 명백히 어떤 부족함이 추와 사슬처럼 홈스를 짓누르고 있는 것 같았다.

"자네에게 도움을 청하지 못할 정도로 자존심을 세우고 있진 않아." 홈스가 인정했다.

"우리 관계가 언제나 한 방향일거라 생각할 정도로 내가 멍청하지도 않네, 홈스." 나도 인정했다.

홈스가 껄껄 웃었다. "알다시피 지금의 나는 평소의 내가 아니야. 어떤 일이 벌어지고 있든 우리가 헤쳐 나가려면 지금의 역할을 받아들여야만 해. 내 정신이 다른 이들보다 뛰어나다는 건 자네도 알고 있을 거야. 나는 맞는 문을 가리킬 수 있네. 하지만 그 문을 어떻게 열지 결정하는 건 바로 자네가 될 거야."

"알겠어, 친구. 최선을 다해볼게."

내 대답에 홈스는 만족하는 것 같았다. 홈스는 자신의 취약함을 놀라울 정도로 인정한 셈이었다. 내가 그렇게 약해졌다면

위안을 받지 않고서는 견디지 못할 것이다. 현재의 상황이 홈스의 정신과 자신감을 크게 타격한 것이 분명했다. 설사 그가 보여주는 상처가 받은 상처의 전부라고 해도.

교회가 가까워지자 나는 마부에게 멈추라고 외쳤다. 우리가 함정으로 걸어 들어가고 있다면 눈에 띄지 않고 다가갈 기회가 생겼으면 했다. 홈스가 내 선견지명에 뿌듯해 하는 표정을 지으며 고개를 끄덕였다. 우리는 마차에서 내려 가까이에 우리를 지켜보는 사람이나 의심스러운 구석이 있는지 주위를 둘러보았다. 눈에 띄는 게 별로 없었다. 나는 마부에게 삯을 치르고 교회의 주 입구 쪽으로 걸어갔다. 홈스가 여전히 마차 옆에 서서 내게 외쳤다.

"거기 서게, 왓슨. 좀 더 눈에 안 띄는 입구로 들어가야 하네."

홈스의 말이 맞았다. 우리는 의심을 불러일으키지 않도록 교회 부지를 빙 돌아서 벽으로 둘러싸인 구역으로 통하는 뒷문으로

수술실

들어갔다. 교회 묘지였다. 커다란 동상과 비석이 잘 관리된 길 옆에 죽 늘어서 있었다. 길에서 멀어질수록 비석들이 작아지고 진흙탕 땅이 드러났다. 사회적 지위와 부의 차이가 죽은 후에도 두드러졌다. 조문객 한 무리가 새로 입관한 묘지 주위에 둘러 서 있었다. 나는 가능한 한 많은 것을 보려고 눈을 가늘게 뜨며 집중했는데 홈스가 내게 고개를 저어 보였다. 우리는 눈에 띄지 않아야 하니까 그럴 수밖에 없었다. 계속 길을 따라 걷다 보니 교회로 들어가는 뒷문이 나왔다. 앞문처럼 크고 웅장했지만, 두 개의 문짝으로 이루어진 큰 문에 작은 문이 달려 있었다. 홈스가 앞으로 나가 문의 손잡이를 잡고 돌렸다. 그러면서 문을 밀자 놀랍게도 문이 열렸다. 홈스가 말없이 나를 돌아보았다. 그 모습을 보니 몰래 잠입하는 것이 여전히 그의 계획이라는 것을 알 수 있었다.

우리는 조용히 들어가서 커다란 교회 중앙부 신도석에 섰다. 주변에 아무도 없었다. 나는 입을 열어 소리를 쳐볼까 했지만 그러면 안 될 것 같았다. 우리는 제단 쪽으로 올라가서 옆에 난 작은 문으로 몸을 돌렸다. 문은 잠겨 있었다. 우리가 돌아서서 더 살펴보고 있을 때 문 안쪽에서 끙끙거리는 소리가 들렸다. 누가 그 안에 있었다.

"괜찮으십니까?" 내가 가능한 한 나직하게 외쳤다.

끙끙거리는 소리로 봐서 누군가 위험에 처한 것 같았다. 그 문을 열어야 했다. 궁금하기도 하고 두렵기도 해서 나는 입구로 다시 뛰어갔다. 걱정했던 대로였다. 우리가 들어왔던 문은 꼼짝도 하지 않았다.

이번에는 교회 안에 갇혔다. 이제 저 안에 갇힌 남자를 풀어줄 방법은 물론 우리도 나갈 방법을 찾아야 했다.

제6장

교회

"왓슨, 이래서 늘 계획을 먼저 세워야 하는 거라네. 수술실에서 그랬던 것처럼." 홈스가 선언하듯 말했다.

"이곳의 열쇠를 이미 찾았다는 뜻인가?" 모두 예상한 바라는 듯한 그의 말에 놀라며 물었다.

"아니, 나한테는 열쇠가 없어. 하지만 저기 갇힌 사람이 가지고 있지."

"여기 갇힌 사람은 우리 모두인 것 같은데."

홈스는 아무런 대꾸도 하지 않았다. 그의 침묵은 성격에 문제가 있는 걸로 보일 수도 있었다. 하지만 그의 정신이 원래대로였다면 말장난을 즐기며 뿌듯해하느라 그러고 있을 수도 있었다.

나는 홈스에게서 몇 발자국 떨어져 내 몫의 조사를 시작했다. 홈스의 태도를 내가 어떻다고 생각하든 홈스의 명석함은 두말할 나위 없었다. 하지만 지금은 내가 나서야 했다.

"풀지 못할 수수께끼란 없는 법이지." 내가 혼잣말로 중얼거렸다.

"꼭 그렇지는 않아." 홈스가 들었는지 말했다.

"음, 그럴 수도 있겠네. 논리적이지 않은 수수께끼는 접근할 방법이 없으니까."

"어떻게 되나 보자고, 왓슨."

갇힌 남자를 풀어주는 문제에는 두 가지 해법밖에 없어 보였다. 하지만 사실 문제는 두 가지였다. 저 남자를 풀어주고 우리도 풀려나야 했다. 그를 풀어주는 일이 우리가 풀려나는 일에 도움이 되기를 바랐다. 우리는 어딘가 몰래 숨겨진 여분 열쇠를 발견하든가 아니면 문을 경첩에서 떼어내든가 해야 했다. 하지만 교회 안에서 완력을 쓰는 해법은 맞지 않는 행동인 것 같았다. 또 문의 크기와 두께를 생각할 때 지나치게 어려울 것도 같았다. 그렇다면 남은 해법은 열쇠뿐이었다. 이런 장소라면 분명히 어딘가에 열쇠가 숨겨져 있을 법했다. 하지만 어디일까?

추운 날 밖에 나갔을 때 뒷골이 얼얼한 느낌이 강타해 오는 것처럼, 무언가 보관할 만한 곳이 행여 뒤통수라도 치듯 불현듯 눈에 띌까 싶어 회중석 사이를 돌아다니며 눈을 크게 뜨고 살피고 있었다. 입구에 기부함이 있었는데, 기부함은 뒤쪽에 세 자릿수 조합의 비밀번호로 잠기어 있었다. 이 보관함이야말로 열쇠를 숨기기에 안성맞춤인 듯했다. 아무나 들여다볼 수 없을 만큼 안전하고, 이 함을 열어볼 필요가 있는 교회 구성원이 숫자를 외워서 또는 주위를 둘러보고 번호를 추리해내서 열 수 있을 만큼 편한 곳이기도 했다.

"여기에 뭔가 이상한 것이 뒤섞여 있는 것 눈치챘어?" 홈스가 날카롭게 물었다.

"그럴 기회가 없었네."

교회

"자네는 기부금 상자를 너무 눈여겨보느라 큰 그림은 놓친 것 같아."

"뭘 놓쳤는지 알려줘." 내가 대답했다.

"답으로 이어지도록 고안된 설계가 분명히 있어. 하지만 그 목적이 궁금하단 말이지."

"기부금 상자라는 이 작은 그림에 집중하면 우리가 찾는 해답을 얻을지도 몰라. 우리에게 필요한 열쇠가 이 상자 안에 있지 않을까?"

"날카로운 지적이야. 하지만 우리는 이 스테인드글라스를 파악할 때까지는 판단을 보류해야 할지도 몰라." 홈스가 일러주었다.

나는 고개를 들고 화려한 스테인드글라스 속의 성스러운 이미지를 보았다.

창마다 다른 성인이 그려져 있었고, 흐려서 그리 밝지 않은 햇빛이 창으로 들어오며 멋지게 빛나고 있었다.

창문을 오래도록 올려다보다 나는 살짝 균형을 잃었다. 중심을 잡으려고 회중 석 좌석에 손을 뻗는데 회중석에 쭉 표시된 문 자가 보였다. 또 각 열에는 숫자가 적혀 있 었다. 예배에 참석할 때마다 지정 좌석에 앉으라고 숫자를 적어두었을 리는 없었다. 그렇다면 이 표시는 중요할 것이라는 생각 이 들어 재빨리 스케치했다.

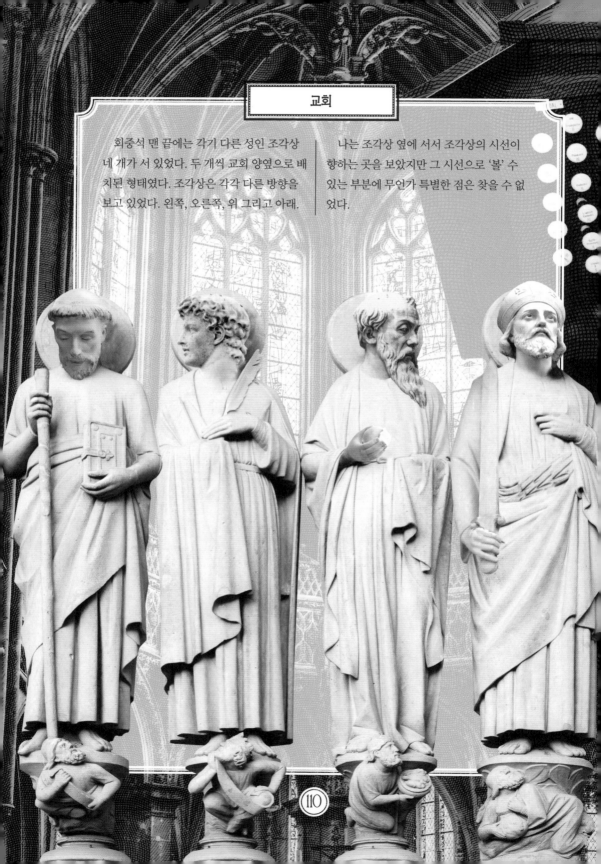

회중석 맨 끝에는 각기 다른 성인 조각상 네 개가 서 있었다. 두 개씩 교회 양옆으로 배치된 형태였다. 조각상은 각각 다른 방향을 보고 있었다. 왼쪽, 오른쪽, 위 그리고 아래.

나는 조각상 옆에 서서 조각상의 시선이 향하는 곳을 보았지만 그 시선으로 '볼' 수 있는 부분에 무언가 특별한 점은 찾을 수 없었다.

"이걸 봐, 왓슨." 홈스가 멀찍이 떨어져서 부르자 건물 안에 소리가 울렸다. 그 음향효과는 듣는 이를 겸허하게 만드는 울림을 만들어냈다.

"뭐야, 홈스?"

"와서 이걸 봐." 내가 다가가자 홈스가 커다란 오르간을 가리켰다. "여기서 뭘 찾아낼 수 있을까?"

"몇몇 건반 위에 문자가 있군."

"그래. 누가 이렇게 했는지 모르겠으나, 왼쪽에서 오른쪽으로 읽으며 여덟 개 음표 한 세트를 다른 숫자로 표시한 거야. 그러니까 C부터 B까지가 1번이고, 다음은 2번이고 이런 식이지."

"하지만 여덟 번째 옥타브까지만 썼네."

"맞아. 그런데 더 흥미로운 건 색이 칠해진 네 건반에 붙은 음표야."

당연히 이미 눈치채고 있었지만 나는 홈스가 맞추는 걸 즐겁게 두었다. "아, 정말이군. 난 못 볼 뻔했지 뭐야." 내가 짐짓 맞장구를 쳐주었다.

"나를 바보 취급하지 마, 왓슨. 자네가 놓쳤을 리 없다는 건 알고 있으니까."

"그렇다면 이게 무슨 뜻일까?"

"그걸 알았으면 이미 열쇠를 찾았을 걸."

오르간 바로 맞은편에 설교단이 있었다. 나는 뭔가 특이한 점이 있는지 혹은 설교단에 서서 보면 뭔가 보이는 게 있을지 살펴보기로 했다. 홈스도 같은 생각이었는지 가볍게 나보다 앞서 뛰어가더니 화가 난 척 다그쳤다.

"서둘러, 왓슨."

설교단에서 먼저 살펴본 건 성경책이었다. 성경책에는 성인의 행적을 담은 다양한 구절이 적힌 여러 페이지에 표시가 되어 있었다. 홈스가 너무 티 나게 흥얼거리면서 말했다. "성경에 대한 내 지식은 오래 되어서 좀 녹이 슬었네. 하지만 이건 봐도 딱히 떠오르는 건 없군. 이건 진짜 성경이 아니야. 그리고 이 구절은 서로 연결되어 있지도 않아."

홈스의 말대로라면 이 책은 우리 조사에 중요하다는 뜻이었다. 우연히 특정 페이지가 펼쳐져 있을 리 없었다. 그 안에 단서가 담겨 있는 게 분명했다.

여리고의 사마리아인

 성 알바누스가 한 무리 나그네에게 설교하고 있었다. 나그네들이 성인에게 질문했다. "알바누스여," 나그네가 물었다. "왜 저희에게 이런 친절을 베푸십니까?"

"나는 성 시리키우스가 내게 베풀었던 친절을 그대로 그대들에게 베푸는 것뿐이네. 그는 자신이 가진 게 거의 없을 때에도 자신이 가진 모든 것을 내게 주시곤 했네. 시리키우스는 심지어 내 이름도 몰랐지만, 그래도 그가 가진 모든 것은 다 내 것이었다네."

나그네 중 한 명인 펠릭스라는 자가 물었다. "근처 마을을 지나오다가 길가에 누워 있는 한 남자를 보았습니다. 제가 볼 때마다 그는 애원했어요. '펠릭스, 나는 아픕니다, 약이 필요해요.' 하지만 저한테는 약이 없었습니다. 베노라는 이름의 그 남자를 위해 도대체 무엇을 해줄 수 있었을까요?"

"모든 사람이 자네 형제이듯 베노는 자네 형제가 아니던가?" 베노 같은 사람이 곤경에 처했을 때 자네가 그를 돕는 것은 베노나 자네 자신을 위한 것이 아니네. 그건 신을 위하는 일이야."

음악가

 펠릭스라는 재능 있는 음악가가 플루트 연주로 시장통을 사로잡았다.

"펠릭스, 내 고객을 위해 하루 종일 연주해주게." 시리키우스라는 장사꾼이 요구했다.

음악가가 대답했다. "당신 고객을 위해 연주할 수 없어요, 시리키우스. 제 음악을 들으러 고객이 온다면 그 당신을 위한 것이잖아요."

알바누스라는 나이 지긋한 현자가 입을 열었다. "자네는 그를 위해서도, 그의 고객을 위해서도 연주하지 않는다네."

"무슨 말씀인지 모르겠습니다, 알바누스 어르신." 음악가가 말했다.

"자네 재능이 말해주는 건 한 가지야. 자네는 스스로의 기쁨을 위해 연주하지. 자네는 자신을 위해 연주하는 거야."

양치기

한 양치기가 양을 치다가 걷고 있던 한 남자를 만났다. 양치기가 그의 이름을 물었다.

"제 이름은 펠릭스입니다. 제 이름을 기꺼이 알려드렸습니다만, 왜 물으신거죠?"

양치기는 돌아온 질문에 깜짝 놀랐다. "누군가의 이름을 묻는 건 이상한 일이 아니라고 생각합니다, 펠릭스. 당신이 기꺼이 이름을 알려준 것처럼 저도 제 이름을 알려드리겠습니다. 베노입니다."

걸어온 이가 물었다. "그렇다면 제 이름을 묻기 전에 왜 당신 이름 베노를 말하면서 인사하지 않았습니까?"

"제 소개로 시작했더라면 저에 대한 당신의 선입견이 편견을 불러일으켜서 당신이 이름 나누기를 피했을지도 모르니까요."

"제가 당신을 안다면, 베노, 당신의 이름뿐 아니라 그 이상을 알겠지요. 저기 들판에서 자기 양 떼를 지키는 양치기는 의심의 여지를 거의 남기지 않아요. 하지만 묻겠어요. 당신은 무엇을 숨겨야 하죠?"

"저렇게 귀중한 양 떼가 있을 때 제가 누구인지 알리지 않는 건 보호를 위해서입니다."

"하지만 베노, 이제 우리는 아는 사이니까, 당신 양 떼는 더 안전합니다."

늑대와 독수리

"늑대는 땅에서 거닐지만, 독수리는 하늘을 누비지." 베노가 아내에게 말했다.

"그 어느 쪽도 다른 쪽에게 근심을 끼칠 이유가 없지만, 둘 다 육식 동물이고, 둘 다 다음 먹이 걱정을 해."

"하지만 베노, 독수리는 늑대 위에 있지 않아?"

"물론 많은 경우 그렇지. 하지만 둘은 서로가 없이도 존재할 수 있을까?" 베노가 대답했다. "그 둘 사이의 균형은 농장 일꾼과 농장 주인 사이의 균형과 같을 수 있어. 함께 힘을 합치면 살아남을 가능성이 더 커지지."

"무슨 말인지 알겠어, 베노." 아내가 답했다.

세 자릿수 번호를 알아내면 다음으로 넘어갈 수 있어요.

"이 말도 안 되는 이야기들이 무슨 뜻인지 어떻게든 알아낼 수 있을 거야." 내가 말했다.

"아, 그렇다면, 왓슨, 자네가 능력을 발휘해 우리를 구할 거라 믿어."

나는 우리가 본 것을 잠시 생각했다. 모두 기부금 상자를 여는 단서가 될 것이었다. 그리고 교회 안 깊은 곳에 갇힌 남자를 도울 길도 찾을 수 있기를 바랐다. 하지만 어디서부터 시작해야 하지?

힌트
고급자용 - 184쪽
중급자용 - 188쪽
초급자용 - 194쪽
해답 - 211쪽

내가 알아낸 번호가 맞았다. 기부금 상자가 열렸다. 내가 찾는 것이 그 안에 있을 거라는 논리적인 추측에 따라 이어진 내 행동이 다소 부끄러운 것이었음을 인정해야겠다. 누군가 지금 들어와 내가 기부금 상자 안을 뒤지고 있는 것을 목격한다면 절대 좋게 볼 리 없었다. 다행히 동전보다 더 큰 무언가가 손에 닿았다. 열쇠였다. 즉시 열쇠를 꺼내서 남자가 갇힌 곳으로 향하다가 뒤늦게 교회의 보안이 생각나서 기부금 상자를 다시 잠그고는 남자가 갇힌 곳으로 돌아갔다.

"잘했네, 왓슨." 홈스가 칭찬했다.

나는 열쇠를 자물쇠에 꽂았다. 기쁘게도 맞는 열쇠였다. 열쇠를 돌리자 딸깍하는 금속음과 함께 열렸다. 문을 밀었더니 눈앞에 사제가 커다란 의자에 꽁꽁 묶여 있는 충격적인 광경이 펼쳐졌다.

나는 사제를 도우러 달려갔지만 홈스는 먼저 주변을 둘러보았다. 여기서 무슨 일이 일어났던 건지 추리하는 듯했다. 나는 사제에게 물어보는 것이 더 나을 것 같아서 얼른 사제의 입에 물린 재갈을 벗겼다.

"감사합니다, 감사합니다!" 신부가 더듬더듬 말했다.

"무슨 일이 있었던 겁니까?" 내가 물었다.

홈스는 생각에 잠긴 듯 조용히 벽에 붙은 달력을 살피고 있었다. 오늘 날짜에는 아무것도 적혀 있지 않았다. 우리가 사제를 처음 발견한 것도 당연했다.

"어떤 남자들이 들이닥쳐서 나를 여기 가두었습니다. 당신이 왓슨 박사인가요?"

"제 이름을 들어보셨나요?" 날 알아보는 게 기뻐서 대뜸 물었다.

"저를 묶은 이들이 말해서 알았습니다."

자존심이 조금 상했지만, 개의치 않고 질문을 계속했다. "그들은 여기에 왜 온 겁니까?"

"저도 모릅니다." 사제가 고집스레 답했다. "갑자기 나타나서는 당신 인상 착의를 대며 그런 사람이 여기 온 적 있냐고 묻더니 완력을 써서 나를 이 의자에 묶었어요."

나는 의자를 내려다보다가 그의 신발과 바짓단에 온통 진흙이 묻어 있는 것을 보았다. 아마도 끌려오면서 몸부림을 친 모양이었다.

"다치지는 않으셨고요?" 내가 묻은 흙을 가리키며 물었다.

"아닙니다. 아까 묘지에서 장례식을 집전해서 그래요."

"그자들이 왓슨이라는 이름을 대며 묻던가요?" 홈스가 끼어들었다.

"그렇습니다."

홈스는 앞서 나온 말에서 무언가를 포착한 것 같았다. 일반적인 사람이라면 듣고 넘겼을지도 모를 어떤 것이 홈스의 흥미에 불을 당긴 걸까? 홈스는 나와 자신의 사진이 실린 신문지를 치켜들었다. 언젠가 세간의 이목을 끄는 사건을 해결하면서 우리가 유명세를 탄 적이 있었다. 그런데 이 신문지는 아직도 새 신문 같았고, 더욱 중요한 점은 바로 이 방에 있다는 것이다.

"말씀하신 것보다 아는 게 더 있을

텐데요." 홈스가 주장했다.

"신부님이 우리에게 무엇을 숨기시겠나, 홈스?" 내가 물었다.

"그건 아주 간단하네, 왓슨."

우리가 어떻게 이 사제가 모든 것을 말하고 있지 않다는 걸 알아냈는지 추리할 수 있나요?

사제의 거짓말만 파악하면 계속 진행할 수 있어요.

홈스가 말문을 열었다. "신부님께선 당신을 묶은 남자들에게서 왓슨에 대해 들었다고 하셨는데 이 신문에는 저와 왓슨이 분명히 실려 있습니다. 결박되기 전에 왓슨에 대해 구체적으로 듣고 그들이 들이민 신문도 보신 게 분명해 보입니다. 이 신문을 그들이 두고 간 건 그저 신부님께 저나 왓슨의 생김새를 잊지 말라는 뜻일 수도 있겠네요. 신부님이 앞으로 하실 역할이 있어서요. 아마 여기서 일어난 일만 말하라는 협박을 받으셨을 지도 몰라요."

제가 분명히 말씀드리는데, 우리는 진실을 밝혀낼 거고 어떤 범죄 세력이 여기서 활개를 치든 중단시킬 겁니다. 그러니 우리를 도와 범인들이 빨리 정의의 심판을 받게 하시든가 아니면 우리의 궁극적인 목적을 지체시켜서 악당들이 신부님이 어쨌든 우리를 도왔다고 믿게 만드시든가 하십시오."

"이 단서를 계속 따라가는 건 별로 의미가 없네 홈스." 내가 홈스에게 말했다.

"아니, 분명 단서가 있어. 우리 수사에 박차를 가할 방법을 택해야 해. 신부님이 뭘 숨기고 있는지 알아야겠어."

"우린 이미 알고 있네. 내가 자네에게 배운 게 좀 있다네, 홈스. 신부님의 신과 바지에

Ż로브 1891-1893

S. 라이츠
1849-1854

P. 고단 1828-1841

K. 오크넬
1821-1822

L. 파머
1841-1855

D. 애비
1842-1845

흙이 묻어 있잖나. 그런데 저 흙은 이리로 들어오는 길에 있는 게 아니야. 신부님은 교회 묘지 부지에 있었다고 했지만 달력에는 어떤 행사도 적혀 있지 않아. 장례식은 없었던 거야. 신부님 뒤에 삽이 보이지? 신부님은 땅을 파셨던 거야. 묘지를 파셨지."

나는 사제 쪽으로 몸을 돌려 물었다.

"그자들이 시체를 파내게 했습니까?"

사제가 울음을 터뜨렸다.

"거절하면 제 가족을 죽이겠다고 했습니다."

"훌륭해, 왓슨." 홈스가 자랑스러워했다.

"누구의 묘지를 팠습니까?"

사제는 우리를 밖의 묘지 구역으로 데려갔다. 우리가 옳았다. 사제는 무언가를 숨기고 있었다. 그리고 교회 앞문 열쇠는 사제가 가지고 있었다. 사제는 머리를 흔들더니 일련의 숫자가 새겨져 있는 커다란 지하묘실을 가리켰다. 그 숫자는 틀림없이 중요할 것이다.

"저 지하묘실을 여신 겁니까?" 홈스가 물었다.

"아닙니다. 저는 그게 어떤 묘지였는지 모르겠어요. 칠흑 같은 밤이었고 주변에 촛불 밖에 없었어요. 그자들이 지하묘실을 파라고 했습니다.

선생님들이 찾는 답은 여, 여기 있을 겁니다." 사제가 지하묘실을 가리켰다.

"왓슨, 이 구역에 있는 무덤 중 하나인 게 틀림없어. 여기 흙이 다 새 흙이군. 최근에 매장한 무덤이야. 마치 묘 하나를 판 것을 숨기기 위한 것처럼 말이지. 흥미롭군. 정확하게 무덤이 26개 있네. 하지만 우리는 지하묘실부터 시작해야 한다고 확신해."

지하묘실에 적힌 숫자를 해독해서 어떤 시체를 파갔는지 알아내기만 하면 다음 단계로 나아갈 수 있어요.

T. 그린 1825-1843

Z. 에서린 1878-1894

R. 사임스
1833-1850

O. 버틀러
1847-1866

A. 올리버
1837-1859

Y. 샌더스
1859-1885

N. 피식
1851-1866

X. 루벤스
1871-1891

12 2 22 24 19 26
J. 매커보이 1873-1894
W. 해리스
1856-1879
V. 오스만
1844-1868
I. 스파크스 1826-1851

"그러니까 볼턴은 시체의 진짜 정체를 가리기 위한 가짜 이름인 것 같군. 이 J. 매커보이라는 사람의 정체말이야."

"그런데 여기서 우리가 무엇을 알아낼 수 있지, 홈스?"

"누군가 그 사람을 파내서 우리가 화려하게 환영받은 그 병원으로 데려간 후 시체에 모종의 시술을 했다는 것."

"대체 뭐 때문에?"

"그게 바로 우리가 찾아내야 하는 거야, 왓슨. 우리 친구를 찾아가서 이 피해자에 대해 더 알아보자고."

우리는 사제를 혼자 두고 런던경찰국으로 향했다. 레스트레이드 경감이 도와줄 거라는 희망을 품고 있었다. 런던경찰국이 가까워지자 홈스는 눈에 띄게 안절부절 어쩔 줄 모르는 게 평소의 그답지 않았다. 이 상황 때문에 불편한 게 분명했다. 그에게 이상한 일이 일어나고 있어서 그럴 거라는 생각이 들었다.

아무도 우리를 따라오고 있지 않다는 게 분명해지자 홈스는 경찰국 안으로 성큼성큼 걸어 들어가 접수계에 근무 중인 경관에게 큰 소리로 용건을 말했다.

"레스트레이드 경감님을 만나고 싶습니다."

"죄송합니다. 경감님은 현재 외부에서 근무 중입니다."

"그럼 돌아올 때까지 여기서 기다리겠습니다."

J. 매커보이.

왜 B. 볼턴이 아니었을까? 그 이름이 우리를 여기로 이끌었다. 하지만 문제의 남자는 자취가 없었다. 홈스는 나만큼 실망한 것은 아닌 듯했다.

"왓슨, 자네를 칭찬해야겠네." 홈스가 말했다. "자네가 이렇게 빨리 추리해낼 줄 몰랐어. 그것도 이토록 성공적으로 말이지."

"날 못 믿을 이유라도 있었어, 홈스?"

"평생 쌓은 습관이 어떻게 바뀌겠나?"

눈빛이 반짝이는 걸로 보아 홈스가 우스갯소리를 하고 있다는 걸 알 수 있었다. 그리고 이 상황에서 그 농담은 완전히 먹혔다. 하지만 나는 아직 우리가 찾은 무덤이 어디에 들어맞는 건지 알 수가 없었다.

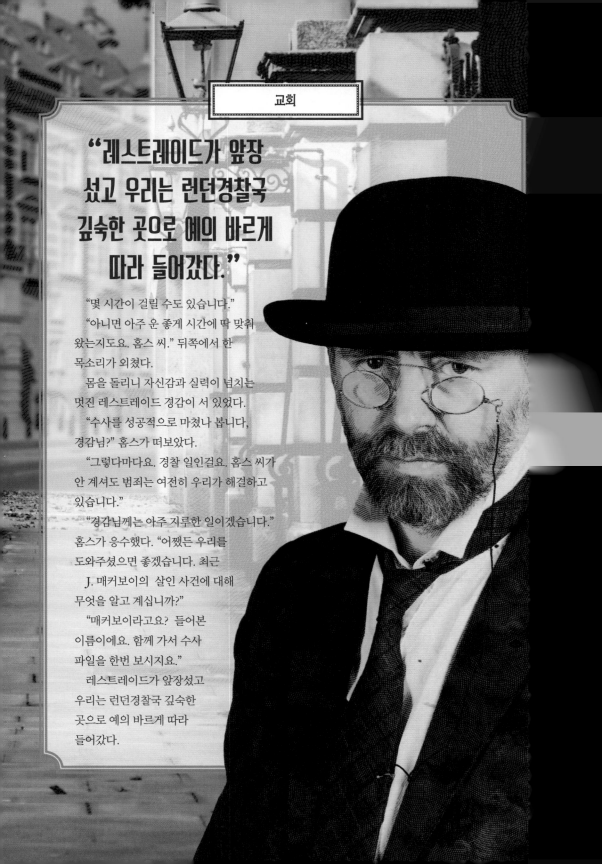

"레스트레이드가 앞장 섰고 우리는 런던경찰국 깊숙한 곳으로 예의 바르게 따라 들어갔다."

"몇 시간이 걸릴 수도 있습니다."

"아니면 아주 운 좋게 시간에 딱 맞춰 왔는지도요. 홈스 씨." 뒤쪽에서 한 목소리가 외쳤다.

몸을 돌리니 자신감과 실력이 넘치는 멋진 레스트레이드 경감이 서 있었다.

"수사를 성공적으로 마쳤나 봅니다, 경감님?" 홈스가 떠보았다.

"그렇다마다요. 경찰 일인걸요. 홈스 씨가 안 계셔도 범죄는 여전히 우리가 해결하고 있습니다."

"경감님께는 아주 지루한 일이겠습니다." 홈스가 응수했다. "어쨌든 우리를 도와주셨으면 좋겠습니다. 최근 J. 매커보이의 살인 사건에 대해 무엇을 알고 계십니까?"

"매커보이라고요? 들어본 이름이에요. 함께 가서 수사 파일을 한번 보시지요."

레스트레이드가 앞장섰고 우리는 런던경찰국 깊숙한 곳으로 예의 바르게 따라 들어갔다.

제7장

런던경찰국

레스트레이드 경감을 따라 커다란 테이블이 있는 큰 방으로 들어갔다. 벽은 경찰관의 순찰 경로와 일정 같은 표준적인 법 집행 관련 정보로 뒤덮여 있었다. 끝도 없는 세부 사항이 적힌 서류가 있었고, 구석의 서류함에는 '주요 사건'이라는 이름표가 붙어 있었다.

"매커보이 사건 관련 정보는 전부 여기 있습니다." 경감이 테이블 너머로 서류철 하나를 던졌다.

"어디부터 시작해야 좋을까요?" 내가 물었다.

"박사님, 저희도 모르겠습니다."

"아직 미결이군요." 홈스가 끼어들었다.

"그렇습니다. 결론을 내리지 못했어요." 홈스는 흡족한 듯 보였다. 다른 질문을 미처 하기도 전에 누군가 문을 두드렸다. 옷을 잘 차려 입고 안경을 쓴 작은 남자가 고개를 디밀었다. 총경이었다.

"레스트레이드 경감, 잠깐 볼 수 있나? 그리브스를 더 구금해둘 수가 없네. 감옥에 자리도 없고."

"알겠습니다. 총경님." 그리고는 경감이 우리에게 말했다. "한 시간 드리겠습니다." 어디서 시작할지 모르는 상태여서 이번 수사는 특이한 수사가 될 것 같았다. 나는 무언가 눈에 띄는 게 없는지 방 안을 둘러보았다. 사건 파일부터 시작해야 할 것 같았다. 파일에는 '압수 물품 목록'과 그 물품을 그린 그림이 있었다. 그리고 파일 뒷장에는 경찰이 무고한 용의자에게 한 가지 항목을 반환했다고 적혀 있었다.

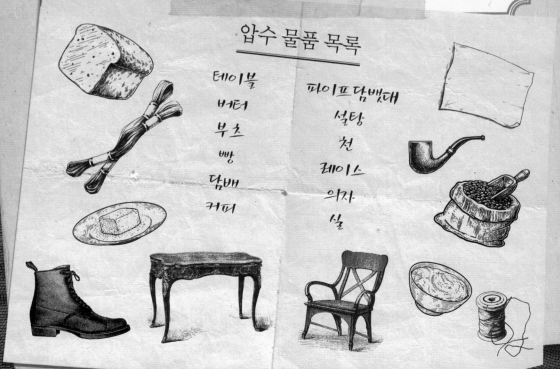

압수 물품 목록

테이블
버터
부초
빵
담배
커피

파이프담뱃대
설탕
천
레이스
의자
실

용의자 이름	미상
예명	미상
주소	미상
범죄	살인
희생자	잭 매커보이
나이	미상 - 20~30세로 추정
생업	가발제작자
신장	6피트 1인치
체중	143파운드
모발	갈색
눈	파랑
수사 담당자	캐머런 마틴
범죄 발생일	1894년 6월 18일 일요일
범죄 발생시각	미상
참고	시체는 C. 마틴과 P. 트릴비 경관이 발견. 이 둘은 정기 순찰 중 현장에 동시에 도착.

경찰 순찰 일정 – 각 구역 순찰 시간(다음 구역으로의 이동 시간 포함). 지정된 순찰 시각에 정확하게 도착할 것. 예. 트릴비, 화이트홀 도착 오전 07:40

P. 트릴비 PC 903 / 시작 시간 07:00
런던경찰국 조례 브리핑 40분
화이트홀 순찰 15
팔러먼트 스트리트 순찰 17
브로드 생추어리 순찰 28
빅토리아 스트리트 순찰 17.
팰리스 로드 순찰 9
그로브너 가든스 순찰 8
그로브너 플레이스 순찰 6
하이드 파크 코너 순찰 10
피커딜리 순찰 65
버클리 스트리트 순찰 22
버클리 스퀘어 순찰 8
브루턴 스트리트 순찰 8
버클리 스퀘어 순찰 13

마운트 스트리트 순찰 24
파크 레인 순찰 20
하이드 파크 코너 순찰 20
팰리스 가든스 순찰 35
버드 케이지 워크 순찰 28
그레이트 조지 스트리트 순찰 46
팔러먼트 스트리트 순찰 41
런던경찰국 종례 브리핑

C. 마틴 PC 495 / 시작 시간 06:00
런던경찰국 조례 브리핑 38분
화이트홀 순찰 35
팔러먼트 스트리트 순찰 13
브리지 스트리트 순찰 21
웨스트민스터 브리지 횡단 18
벨베델레 로드 순찰 25

차링 크로스 브리지 횡단 20
노섬벌랜드 애비뉴 순찰 10
차링 크로스 순찰 17
화이트홀 순찰 5
세인트 제임스 파크 순찰 18
버킹엄궁전 순찰 20
그린 파크 순찰 28
피커딜리 순찰 22
올드 본드 스트리트 순찰 15
브루턴 스트리트 순찰 10
올드 본드 스트리트 순찰 15
피커딜리 순찰 19
그린 파크 순찰 41
세인트 제임스 파크 순찰 90
런던경찰국 종례 브리핑

W. 코지 PC 720 / 시작 시간 08:00
런던경찰국 조례 브리핑 30분
화이트홀 순찰 18
세인트 제임스 파크 순찰 17
버킹엄궁전 순찰 19
컨스티튜션 힐 순찰 28
그린 파크 순찰 26
피커딜리 순찰 10
올드 본드 스트리트 순찰 17
브루턴 스트리트 순찰 5
버클리 스퀘어 순찰 6
힐 스트리트 순찰 8
유니언 스트리트 순찰 25
사우스 오들리 스트리트 순찰 43
마운트 스트리트 순찰 63
파크 레인 순찰 20
하이드 파크 코너 순찰 17

그로브너 플레이스 순찰 21
그로브너 가든스 순찰 12
빅토리아 스트리트 순찰 71
브로드 생추어리 순찰 22
팔러먼트 스트리트 순찰 12
런던경찰국 종례 브리핑

시체가 언제, 어디서 발견되었는지를 토대로
사건이 발생한 시간대를 알아낼 수 있다면
용의자를 소거할 수 있을지도 모른다.

코노트 로드

런던

용의자 한 명은 일을 나가지 않은 6월 18일 하루 종일 이 거리 표지판을 벽에서 떼어내려고 애쓰며 보냈다. 이 사람이 누구인지 알 수는 없었지만 이 표지판을 원하는 이유를 알아낼 방법은 있을 터였다. 표지판 파손도 경범죄라고 할 수는 없다. 하지만 이 범죄를 저질렀기 때문에 이 사람은 다른 범죄를 저지를 수 없는 상황이었다고 추리할 수 있다.

WANTED

"나이프"라는 예명의 범인

버킹엄궁전 밖, 워털루 브리지 한가운데, 그리핀 스트리트와 요크 로드가
만나는 지점, 세인트 제임스 스트리트와 킹 스트리트 교차점에서 칼로
위협하며 강도 행각.

신고 보상금 있음.

1894년 6월 16일 검거. 구금 중. 범인의 범죄 행각을 지도에 표시해보면 범인의 일터를
중심으로 X자가 그려짐. 멍청한 실수!

유력 용의자: 로이드 하디먼

직업: 기마 근위병
범죄 기록: 없음
알리바이: 오후 2시-8시 매일 근무
감방 번호: 4

유력 용의자: 마크 존슨

직업: 담배가게 운영
범죄 기록: 기물 파손, 살인 미수,
　말 절도, 불법 호객
알리바이: 오전 11시-오후 6시 매일
　근무
감방 번호: 1

유력 용의자: 셜록 홈스

직업: 사설 탐정
범죄 기록: 기소된 바 없음
알리바이: 없음. 원하는 시간에 원하는
　일을 하는 사람.
감방 번호: 해당 없음

유력 용의자: 해리 프랫

직업: 내셔널갤러리 직원
범죄 기록: 체포 불응, 살인 미수, 말 절도
알리바이: 오전 10시-오후 1시 매일 근무
감방 번호: 2

상세 범죄 기록

기록 작성일: 1894년 6월 15일	
범죄 발생일: 1894년 6월 13일	
범인 검거 여부: 검거	

범죄 내용: 6월 13일 아침 용의자는 말을 훔쳐서 런던 중심부로 이동했다. 여기서 용의자는 접포상에게 위조화폐를 건네며 사기를 저질렀다. 접포상이 이를 알아차리고 경찰을 부르자 용의자는 도주했으며 뒷골목에서 체포에 불응했다. 그리고 여왕의 초상을 훼손하고 추격해오는 경관을 살해하려 했다. 도주에 성공했지만 이전 범죄 경력으로 인해 오늘 체포되었다. 용의자는 이 모든 범죄 중 하나를 제외하고 모두 이전에 저지른 전력이 있으며 기록에 남아 있다. 한동안 구속 수감될 것으로 사료됨.

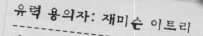

유력 용의자: 재미슨 아트리

직업: 차링 크로스 역 직원
범죄 기록: 사기, 체포 불응, 말 절도, 기물
　　　　　파손
알리바이: 새벽 5시-오전 10시 매일 근무
감방 번호: 3

유력 용의자: 던컨 그리브스

직업: 하트 스트리트 상점 직원
범죄 기록: 절도, 기물 파손
알리바이: 정오-저녁 8시 매일 근무
감방 번호: 5

서류철 안에 담긴 정보의 양은 당황스러웠다. 홈스는 이미 고개를 젓고 있었다. "왓슨, 이 사건에서 저 유력 용의자는 빼라고 하고 싶네."

"저 유력 용의자라니?"

"다른 말로 바꾸어 말해보겠네. 이 방 안에 있는 모든 정보를 놓고 볼 때 유일한 용의자가 남잖나. 이 카드에 적힌 유력 용의자 명단에서 특정 요소를 고려하면 몇몇 사람들이 빠지네. 여러 가지 다양한 이유로 한 명만 빼고 다른 옵션이 없으면 자네가 도달하게 되는 결론이 유일하게 논리적인 결론이 될 걸세."

"그러면 이제 시작."

"시작한다고? 거의 끝냈을 줄 알았는데."

나는 숨을 깊이 들이쉬었다. 홈스의 추리력이 돌아온 게 분명했다. 하지만 자기 정신 상태를 확신하지 못하고 있기에 그가 알고 있는 듯한 지점을 내가 확인해주어야 했다.

용의자 중 한 명을 추리면 다음으로 넘어갈 수 있어요.

힌트
고급자용 - 184쪽
중급자용 - 188쪽
초급자용 - 195쪽
해답 - 215쪽

"여기에 와서 사건을 해결하려고 하는 걸 보면 죄가 없다는 걸 모르십니까?"

그럴 수는 없었다. 죽을 뻔했던 이후 홈스의 정신 상태는 혼란스러웠고 평소의 그가 아니었다. 하지만 그렇다고 해서 살인을 저질렀다는 건 전적으로 말도 안 되는 소리였다.

"나를 쳐다보는 건 자네도 나와 같은 결론에 도달했기 때문이지?"

"자네? 자네가 살인범인가?"

"우리가 내린 결론도 그렇소." 레스트레이드 경감이 입구에 서서 말했다.

"여기에 와서 사건을 해결하려고 하는 걸 보면 죄가 없다는 걸 모르십니까?" 내가 말했다.

"증거는 증거입니다. 왓슨 박사님." 레스트레이드가 우겼다. "그래서……."

"그래서 경감님은 규정을 지켜야 하네. 왓슨." 홈스는 인정했다. "이 방에서 우리가 수사를 했다고 내 혐의가 벗겨지지는 않아. 하지만 모든 게 보기와 다를 수 있다는 위안은 주겠지."

"두 분을 체포해야겠습니다."

"둘 다요?"

"두 분이 친밀하시니 조심하는 게 신중할 것 같습니다. 그건 그렇고, 제가 해드릴 일은 없을까요? 누구에게 알린다거나?"

"그럴 필요 없습니다. 경감님." 홈스는 자신의 자유를 내어놓으며 자신만만하게 미소를 지었다.

나는 내 친구가 어떻게 이렇게 편한 태도를 보이는지 믿을 수가 없었다. 레스트레이드 경감이 복도 쪽으로 고갯짓을 해 보이며 따라오라고 했다. 두 경관이 더 들어와서 우리가 달아나지 못하도록 경감 옆을 지키고 섰다. 홈스가 가뿐하게 앞서서 걸으며 경찰서 안의 복도를 돌고 또 돌았다. 자신이 어디로 향하는지 정확하게 알고 있는 듯했다.

"5번 감방이지요? 경감님?"

"어떻게 아셨……?"

"그리고 우리 둘은 같은 감방에 들어가는 거지요?"

"네, 하지만……."

"이쪽이네, 왓슨." 홈스가 소리쳤다.

나는 충격에 빠져 다음에는 어떤 일이 벌어질지 생각하고 있는 반면 홈스는 만족스러워 보였다.

홈스가 어디에 갇히게 될 지 어떻게 알았는지 추리해볼 수 있나요?

홈스는 총경이 감방이 다 찼다고 말한 것을 떠올렸다. 하지만 죄수 중 한 명이 풀려날 예정이었다. 경찰서 방문이 이렇게 끝나리라 예상하지 못했지만 홈스는 유력 용의자 명단을 보고 그 죄수가 갇혀 있던 감방을 추리해냈던 것이다.

우리는 놀라울 정도로 정중하게 감방 안으로 인도되었다. 감방은 여러 명의 죄수를 수용할 수 있는 크기였다.

"자네는 왜 이리 침착해, 홈스?"

"왜냐하면 둘 중 한 가지 일이 다음에 벌어질 거라서 그렇네. 내가 저지르지 않았다고 믿는 범죄로 내가 기소되거나, 아니면 풀려날 거야. 동전을 던져 점을 친다 해도 어느 쪽이 나올지는 잘 모르겠지만."

그래서 우리는 지금으로서는 그저 기다리는 수밖에 없었다.

"내가 저지르지 않았다고 믿는 범죄로 내가 기소되거나, 아니면 풀려날 거야."

184

제8장

감방

갑자기 놓인 상황에서 나는 의외로 침착했다. 물론 나는 살인과 무관했다. 게다가 홈스나 사법 제도에 대한 내 경험치는 모두 놀라울 정도로 긍정적인 것뿐이었다. 내가 보기에, 홈스와 사법 제도 모두 성공 지향적이며 어떤 역경에도 굴하지 않는 것 같았다. 하지만 이 감방 안에 얼마나 갇혀 있을지는 우리 손을 떠난 일이었다. 독창적인 방법으로 감방을 탈출한다면 모를까, 여기에서 달리 손쓸 수 있는 것은 없어 보였다.

습관적으로 주변을 살폈다. 감방 안 구석 양쪽에 침대가 하나씩 있었고, 침대 옆에는 성경책과 기름 랜턴이 놓인 테이블이 하나씩 있었다. 랜턴으로 침대 매트리스에 불을 질러버릴 수 있다는 점을 고려하면 랜턴이 거기 있다는 것 자체가 놀라웠다. 아마도 자연 채광이라고는 벽 위쪽 높은 곳에, 창살에 막힌 작은 창문 밖에 없어서 랜턴이 꼭 있어야 하는 듯했다.

그러다 갑자기, 홈스는 너무도 능통하지만 나는 점차 나아지고 있는 이 추리 과정이 정의라는 톱니바퀴가 빚어내는 이야기의 단지 절반에만 해당되는 게 아닐까 하는 깨달음이 찾아왔다. 우리가 범죄를 해결해서 가해자들이 감금된다면 여기가 그들이 여생을 보낼 곳이었다. 분명 무언가 생각해볼 여지가 있었다. 내 친구는 한동안 아무 말도 하지 않았고, 우리를 감싼 침묵은 고통스러웠다. 죄수는 시간을 어떻게 보낼까? 그냥 생각만 하면서? 하지만 무슨 생각을? 자신이 저지른 범죄 생각을? 뉘우치며 구원을 구할까, 아니면 자신을 이 지경에 이르게 한 사람을 향한 복수에 사무쳐 들끓고 있을까?

무언가 달그락 돌리는 소리가 들리며 침묵이 깨졌다. 홈스가 크랭크 하나를 돌리고 있었다. 빠져나가려는 시도를 하고 있는 걸까? 사실 감방 안에 크랭크 같은 물건이 있다는 게 정말로 우스꽝스러웠다.

EROS

OUT

"운동 기구야." 내가 관심을 보이는 걸 눈치채고는 홈스가 불쑥 말했다.

"뭐라고?"

"이 크랭크 말이야. 이게 벽 너머에 걸린 깃발의 톱니바퀴와 연결되어 있어. 움직이지 않게 고정해주는 모래 박스 안에 있을 테지만."

"그게 왜 여기 있지?"

"별 의미는 없어. 하지만 그게 중요해. 수감자가 지칠 때까지 몸을 놀리게 만들어주는 의미 없는 활동이야."

"거 참 독특하네." 내가 말했다.

"정말 그래. 간수는 매일 수감자에게 식사를 하고 싶으면 이 활동을 일정량 하라고 요구할 수 있어. 그렇게 복종하게 길들이는 거야."

이게 가까운 미래에 우리 삶이 되는 걸까? 침착했던 태도를 잃으면서 우리가 처한 현실의 무게감이 비로소 느껴지기 시작했다. 하지만 그런 생각은 복도 저 끝에서 속삭이며 멀어지는 한 그림자 때문에 중단되었다. 우리 감방의 벽 너머로 바라보니 벽에 무어라 글씨를 휘갈겨 쓴 게 보였다. 여러 벽돌에 글자가 적혀 있었고, 하나의 문양을 중심으로 사방에 네 개의 상징이 그려져 있었다.

불빛이 일렁이는 것 같았다. 큰 키를 구부정하게 수그린 남자가 값비싼 검은 정장에 암회색 넥타이를 매고 로브 자락을 펄럭이며 미끄러지듯 걸어왔다.

"셜록 홈스 씨, 왓슨 박사님!" 남자가 말했고, 홈스는 미소를 지었다. 눈이 반짝이는 걸 보니 뭔가 놀라운 일이 벌어지기를 기대하고 있었던 듯했다.

"하필 우리가 안 좋은 상태일 때 뵙는군요." 홈스가 떠보는 듯 물었다.

"저를 파킨슨이라 부르시면 됩니다." 남자가 대답했다.

"이 안에 들어오기 위해 지키던 간수들이 자리를 뜨도록 손을 쓰고 뭔가를 몰래 들여온다는 건 대단한 권력이 아니면 안 될 텐데요."

파킨슨은 미소를 지으며 뒤쪽에서 종이로 포장한 무언가를 숨기고 있다 내밀었다. 초 열세 개가 꽂힌, 멋지게 장식된 새 케이크였다. "생일 축하합니다." 그가 말했다.

"누구 생일이지요?" 내가 물었다.

"그게 중요합니까?"

"감사합니다. 선생님." 홈스가 손을 내밀어 케이크를 그에게서 받아들었다.

"자세를 보고 알았어." 홈스가 어떻게 그 남자가 무엇을 들고 온 걸 알았는지 내게 털어놓았다.

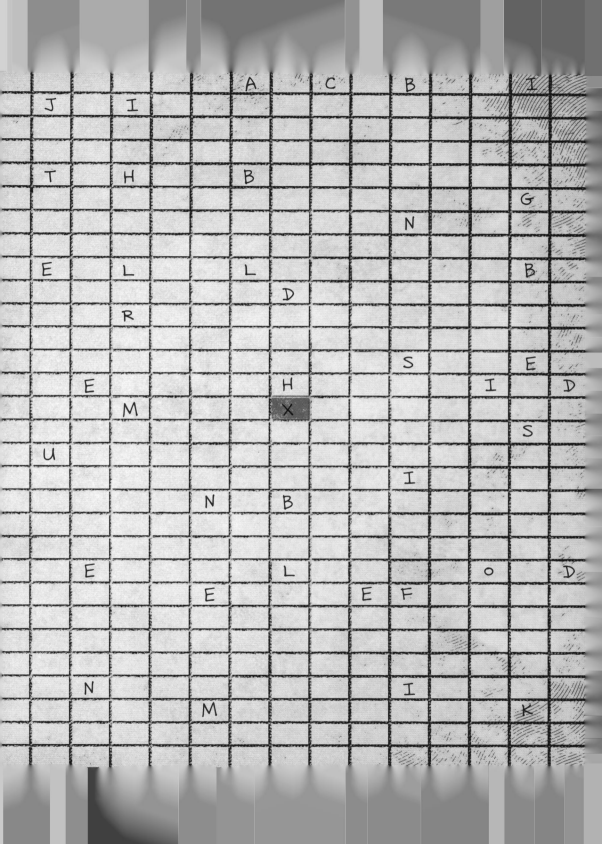

남자는 몸을 돌려 떠나려고 했지만, 나는 아무런 질문도 하지 않은 채 남자가 가게 둘 수 없었다. "잠시만요. 누구십니까?"

"제가 누구인지 신경 쓰실 줄 몰랐는데요."

"설마……" 홈스가 말문을 열었다.

"강력한 비밀 조직이고, 지금 빚을 졌으니 나중에 신세를 갚으라, 이런 겁니까?"

"비밀 조직 같은 건 아닙니다. 하지만 강력하다는 말은 맞습니다. 저는 웩셀 펠로십 대표입니다. 우리는 이러저러한 방식으로 늘 주변에 있어왔습니다. 하지만 상당한 선견지명을 발휘하고 힘이 있음에도 우리는 때로…… 뭐랄까…… 허를 찔리곤 합니다."

"우리는 무작정 당신네를 돕지는 않을 거요." 홈스가 껄껄 웃으며 말했다.

"도움을 주실 겁니다. 왜냐하면 믿으시든 아니든 우리는 목표가 같으니까요."

"어떤 목표 말입니까?" 홈스가 물었다.

나는 이야기를 나누는 두 남자를 더 잘 지켜보기 위해 한 걸음 뒤로 물러났다.

"우리 목적은 비도덕적이지도 않고 수상한 것도 아닙니다."

"그건 그쪽 주장이고요."

"우리는 선생님께 일어나고 있는 일의 배후가 아닙니다, 홈스 씨."

"하지만 그에 대한 정보는 가지고 있군요."

"우리는 최고 인력을 뽑아서 그들에게 사회를 발전시키는 데 필요한 창의적인 자유를 줍니다."

"나는 일자리에 관심 없습니다."

"아, 우리는 선생님을 고용하러 온 게 아닙니다. 홈스 씨, 선생님 때문에 온 겁니다. 우리가 제안하는 자유는 때로 자신만의 선견지명이 넘치는 자에 의해 오용되곤 합니다. 그리고 선생님이 라이헨바흐에 있을 때 실행되기 시작한 계획은 오로지 한 사람만이 설계할 수 있습니다."

"모리아티지요."

"그렇습니다. 부끄럽지만, 그자는 한때 우리 조직의 일원이었습니다. 그는 오랫동안 우리를 속였고 우리 세력 안에서 힘과 영향력을 얻었습니다. 그러다 그는 우리가 준 지식을 …… 그…… 그러니까 덜 이타적인 목적으로 쓰고 있다는 게 분명해졌지만요."

"그럼 당신네 조직은 이타적인 조직이란 뜻입니까?"

"가능한 선까지 그렇습니다. 미시적인 차원에서 모든 행동에는 좋은 결과와 나쁜 결과가 있습니다. 결과가 수단을 정당화한다는 말이 어쩌면 가장 적절한 표현이 되겠습니다."

"그러면 모리아티가 자신이 죽을 때를 대비해서 이 모든 일을 계획했다고 생각하는군요."

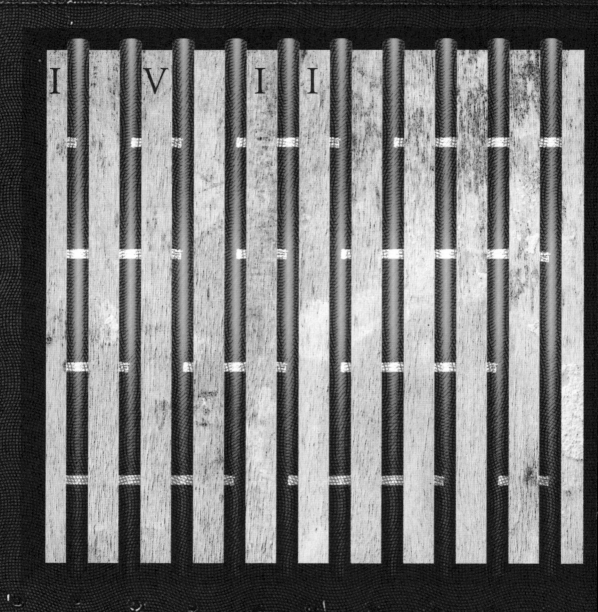

"그리고 이 일이 그자의 방식대로 굴러가면 선생님이나 우리, 모두에게 안 좋은 결과를 가져올 겁니다. 선생님이 이 감방에서 나오셔야 양측에 도움이 됩니다."

"함께 일하게 되어서 기쁩니다."

파킨슨은 고개를 끄덕이더니 말을 멈추고 몸을 돌렸다. 홈스와 내가 잠자코 있는 동안 파킨슨은 벽돌 벽 쪽으로 가 돌아다니며 손을 들어서 가운데에 X 표시가 되어 있는 빨간 벽돌 하나를 직접 두드려보았다. 저게 왜 중요할까?

"아, 탈출에 성공하시면 뉴올리언스 서커스단의 심령술사와 이야기해보십시오. 지금 런던에 와 있는데 앞으로 몇 주 동안 있을 겁니다. 우리는 별로 소득이 없었지만 선생님이면 아마 더 많은 것을 알아낼 수 있을 겁니다."

파킨슨은 복도의 어둠 속으로 돌아갔다.

"케이크는 먹으라고 준 거 아니지, 그렇지, 홈스?" 잔뜩 과장된 투로 내가 물었다. 홈스는 미소만 지어 보였다. "자, 그럼 우리 주변을 좀 더 자세히 뒤져보는 게 좋겠군."

살펴보지 않은 것은 이제 감방 안에 별로 없었다. 하지만 홈스와 파킨슨의 대화를 물러서서 지켜보다 보니 한 군데 더 봐야 할 곳이 어딘지 알 것 같았다. 우리 감방 창살에는 여기저기 흰 페인트가 묻어 있었다. 나는 한동안 살펴보다가 이내 포기했다.

"아마 그건 암호를 푸는 방법은 아닐 거야, 왓슨. 나중에 찾게 될 다른 정보를 어떻게 분리하는지 알려주는 표시 같아."

"무슨 소린지 모르겠네, 홈스."

"흰 선이 몇 개인지 한번 보게. 만일 우리에게 그 길이에 해당하는 정보가 있다면 더 분명해질 거야."

나는 감방 안에 남아 있는 다른 물품인 침대로 눈길을 옮겼다. 그리고 홈스를 뒤돌아보았다. 우리는 둘 다 무엇을 할지 이해했다. 각자 가장 가까이에 있는 침대로 향했다. 나는 얇고 더러운, 매트리스라 불러도 될지 모르겠는 물건을 들어올려서 아래를 살펴보았다. 아무 것도 찾을 수 없었지만 옆에 작게 갈라진 틈이 있는 게 보여서 멍청한 짓인지도 모르지만 손을 곧장 넣어보았다. 하지만 뭔가 날카로운 것에 찔려서 손을 도로 뺐다. 그렇다고 물러설 내가 아니었다. 조심스럽게 손을 다시 틈 안으로 넣어서 날 찌른 물체를 잡았다. 거울처럼 보이는 것의 조각이었다. 이 조각 가장자리에는 '하비'로 추정되는 브랜드 이름 일부가 보였다. 지금 당장은 왜 이게 있어야 하는지 모르지만 일단 이 물체를 간직했다. 그러면서도 파괴보다는 성찰하려는 목적에 유용할 거라는 희망을 품었다.

홈스도 뭔가를 찾아냈다. 그가 매트리스 안쪽을 살피는 대신 매트리스를 치우니 나무로 된 사각형 격자판과 주사위 하나가 있었다. 격자판의 각 칸에는 문자가 적혀 있었고, 문자 오른쪽 상단에는 숫자가 적혀 있었다.

"이게 뭔지 알아, 왓슨?" 홈스가 소리쳤다.

"뻔하게 보이는 용도 말고는 모르겠는데."

"이 격자판은 여기에서 주사위를 굴리도록 설계된 거야. 문자 오른쪽 상단의 숫자가 똑바로 오게 격자판을 놓고 빨간색 칸에서 시작해. 주사위는 위, 아래, 오른쪽, 왼쪽으로 한 칸씩 이동하며 격자판의 모든 칸을 한 번씩 거쳐 가야 해. 경로를 만드는 유일한 규칙은, 주사위 맨 위 숫자가 주사위가 나아가는 다음 칸에 있어야 한다는 거야. 해보면, 주사위가 이동하는 방향은 오직 하나밖에 없어."

이 장소에 있는 모든 것이 우리에게 나갈 기회를 주기 위해 고안된 것임을 알아차릴 수 있었다. 하지만 우리가 들어온 거대한 강철 문 외에 탈출할 수 있는 다른 길은 보이지 않았다. 그리고 그 문은 열쇠로 잠겨 있었다. 지키는 간수가 가진 열쇠 하나만 있는 게 결코 아닐 것이므로 다른 열쇠를 찾아야 했다. 나는 심호흡을 했다. 내 친구는 여전히 추리를 하고 있었지만, 그가 제대로 추리하려면 아직 시간이 필요했다. 나는 열쇠를 내가 직접 찾아야 한다는 것을 알고 있었다.

열쇠가 어디 있는지 알아내면 다음으로 넘어갈 수 있어요.

힌트
고급자용 - 184쪽
중급자용 - 189쪽
초급자용 - 195쪽
해답 - 218쪽

S^6	$-^5$	H^1	R^2	S^1	D^3	F^2	D^4
O^4	R^5	A^4	A^3	$-^3$	D^1	D^2	D^1
R^1	V^6	$-^6$	B^5	C^6	D^1	K^4	K^3
E^3	E^2	Y^4	N^2	A^4	D^5	K^4	K^6
$-^6$	T^5	L^3	D^1	D^1	D^5	D^6 END	D^4
A^6	R^4	E^5	D^2	K^3	D^3	D^2	D^1
T^2	$-^6$	S^4	D^6	D^1	K^2	F^3	F^1
S^1	X^2	$;^4$	K^5	D^4	D^2	D^3	K^5

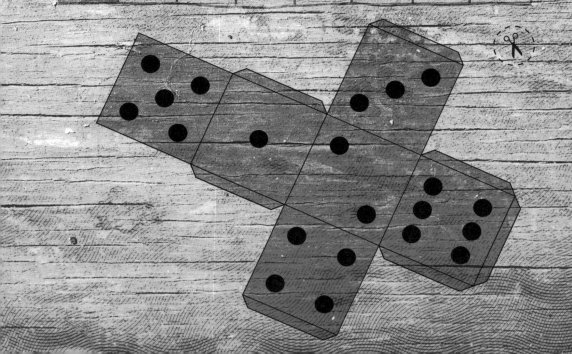

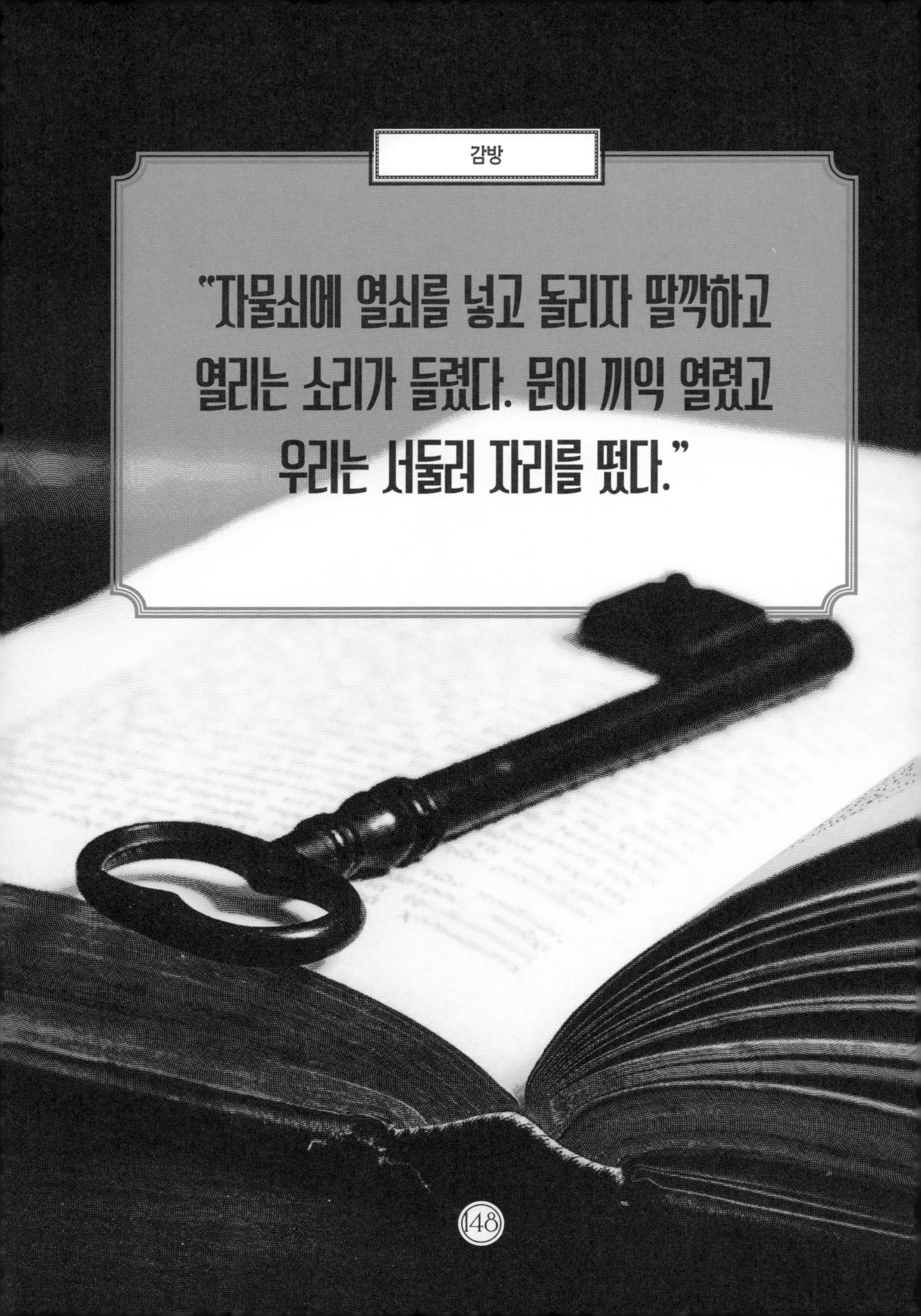

"자물쇠에 열쇠를 넣고 돌리자 딸깍하고
열리는 소리가 들렸다. 문이 끼익 열렸고
우리는 서둘러 자리를 떴다."

감방

열쇠는 성경 안에 있었다. 숨기기 뻔한 곳이었지만 내가 바로 찾아볼 만한 곳은 아니었다. 웩셀 펠로십은 케이크 배달까지 미리 이 모든 것을 계획한 듯했다. 하지만 왜 우리에게 열쇠를 직접 주지는 않았을까? 물론 이건 우리 둘 다 방 안의 수수께끼를 풀기 전에 성경을 살펴보지 않을 것을 알고 우리를 위해 특별히 고안된 시험이었다. 우리는 통과했다. 웩셀 펠로십은 우리가 성경 속에 열쇠가 있는 페이지를 그저 우연히 뒤지다 찾지는 않는지 지켜보고 있는 게 분명했다. 사실 감방 안에서 살펴볼 것은 그리 많지 않았다. 홈스의 정신 상태를 시험한 게 아닌가 하는 느낌을 떨칠 수 없었다. 어떤 쪽이든 우리에게는 이제 탈출 수단이 생겼으니 이용하면 되었다.

자물쇠에 열쇠를 넣고 돌리자 딸깍하고 열리는 소리가 들렸다. 문이 끼익 열렸고 우리는 서둘러 자리를 떴다. 파킨슨이 손을 써두었는지 이 구역은 특히 조용했다. 하지만 경찰국 주 출입구로 이어지는 복도 끝에 경찰관 두 명이 서서 무슨 이야기를 하고 있었다.

"우리는 눈에 띄면 안 돼. 하지만 이 길 외엔 나가는 방법이 없어." 홈스가 나와 같은 생각을 말했다.

"그러면 저들이 자리를 뜰 때까지 기다리지." 내가 제안했다.

홈스가 고개를 끄덕였고 우리는 모퉁이에 멈추어 섰다. 나는 고개를 내밀어 경관들이 여전히 거기 서서 대화를 나누고 있는지 확인했다.

"왓슨," 홈스가 말문을 열었다. "여기서 우리가 조금만 틀리면 우리 여정은 끝나버리는 거야."

"그렇다면 틀려서는 안 되지."

"그래. 우리는 태도 외에는 가장할 수단이 없어."

"어떻게 하자는 건가?"

"마주치는 누가 보더라도 전적으로 납득할 만해야 하네. 누군가 자네를 보면 반드시 여기에 있어야 하는 것처럼 보여야 해. 더 중요한 것은 저들이 자네를 보는 걸 두려워하면 안 되네."

"알겠네."

"침착해. 누가 쳐다보면 미소를 짓고 계속 움직여. 우리가 대화를 시작하는 것도 도움이 될 거야. 눈속임을 하려면 시시콜콜한 얘기가 더 좋고."

"응. 그리고 움직이기로 결정하면 돌아봐서는 안 되네. 그렇게 하면 의심을 할 테니." 내가 제안했다.

"그렇지."

초조하게 나는 벽 모퉁이에서 고개를 내밀어 보고는 모퉁이 쪽으로 오는 경관에게 곧장 걸어가 부딪쳤다. 내가 꾸민 태도는 순간 허물어졌다. 당황을 하니 홈스가 해준 말도 소용없었다. 그 경관이 먼저 말했다.

"죄송합니다. 선생님." 그가 친절하면서도 정중하게 말했다.

옆으로 비켜서더니 그는 계속 걸어가 가까운 작은 사무실로 들어갔다. 건물 안에

149

있는 사람들이 모두 우리가 탈옥했다는 것을 알 리 없다는 점을 고려한다면 이건 생각보다 쉬울 것 같았다.

"그럼 가세, 왓슨." 홈스가 모퉁이를 돌아 나오며 말했다. 나는 재빨리 따라가며 시시콜콜한 이야깃거리로 뭐가 좋을지 생각했다.

"이 계절에는 날씨가 정말로 나쁘지 않나?" 내가 말했다.

"날씨? 자네한테 시시콜콜한 대화 주제는 날씨인가, 왓슨?"

"어, 그게 생각할 시간이 별로 없어서."

"그렇지, 로마숫자를 읽고, 촛불의 높이를 재고, 주사위 던지기를 파악하는 건 사소한 일인가? 그런데 날씨가 자네가 생각해낸 최대한이라니."

우리는 주 접수계에 다다라서도 계속 같은 속도로 걸어갔다. "그러면 대신 어떤 얘기를 하는 게 좋겠나?" 내가 눈에 띄지 않고 지나가려고 계획했는데 그 와중에 내 약점이 드러나자 불현듯 그러지 말아야 할 짜증이 솟구쳐서 물었다. "어쩌면 반려동물…… 아픈 강아지라든가?"

"아픈 동물? 그게 어떻든 더 나아 보일 것 같

은데?"

"뻔하지 않아?"

"아니, 안 그래."

경찰국 밖으로 나오며 나는 멈춰 서서 우리의 성공을 누리고 싶었다. 하지만 위험에서 벗어났어도 우리는 계속 걸어야 했다.

"잘했어, 왓슨." 홈스가 불쑥 말했다.

"뭐라고?"

"정말 훌륭했네."

"날씨는 형편없는 대화 주제라고 말한 것 같은데?"

"아, 왓슨. 대화 주제가 중요한 게 아니었어. 진지하고 꾸밈없는 모습으로 보이는 게 중요했지. 자네가 정말로 나와 입씨름을 벌이는 것처럼 보였지 않나. 무언가를 숨기는 것처럼 안 보이려면 그게 필요했어."

"음, 그렇다면 우리 둘 다 잘한 거군." 내가 수긍했다.

"축하할 시간은 없네, 왓슨. 서둘러 뉴올리언스 서커스로 가야 해."

우리는 가능한 한 빨리 지나가는 택시를 잡아서 서커스로 향했다.

뉴올리언스 서커스는 현재 햄스테드히스에 자리 잡고 있었다. 이 국적이고 신비로운 루이지애나에서 막 도착한 서커스 혹은 그렇다고 주장하는 서커스였다. 주변에 어둠이 깔리는 가운데 거대한 목조 건조물에는 휘황찬란한 붉은 커튼이 땅까지 드리워져서 그 존재를 사방에 공포하고 있는 것 같았다. 햄스테드히스는 런던에서 가장 시골스러운 지역이었다. 호화롭고 다채로운 입구와 달리 안으로 들어서자 조명이 부드럽게 빛나면서 저녁 시간의 자연스러운 어둑어둑함에 온기를 더하고 있었다. 손님은 아무도 없었다. 서커스는 개장 전이었고 내부 볼거리는 여전히 설치하는 중이었다.

입구를 지나자 거대한 텐트가 나왔다. 들어가는 길에 걸린 포스터에는 어떤 묘기를 보게 될지 적혀 있었다. 그중 하나가 눈에 들어왔다. "심령술사와 부두 마술."

셜록 홈스와 나는 들어가서 우리가 무엇과 마주하게 될지는 모르고 있었다. 하지만 우리가 와야 하는 곳에 왔음은 알고 있었다. 우리는 텐트 입구로 다가갔고 홈스가 고개를 돌려 나를 보았다.

"먼저 들어가게, 친구." 그가 권했다.

나는 망설였다. 미지의 것이 두려운 한편 먼저 들어가라고 하는 홈스의 동기가 의심스럽기도 했다. 홈스가 그럴 줄 알았다는 듯 눈썹을 치켜 뜨며 내게 들어가라고 했다.

"친절도 하지." 나는 펄럭이는 휘장을 밀고 안으로 씩씩하게 걸어 들어갔다.

제9장

서커스

커튼을 젖히고 들어가자 휘황찬란하고 호화로운 광경이 눈앞에 펼쳐졌다. 서커스장의 넓은 원형 무대가 자리하고 외곽을 따라 카니발 게임이 늘어서 있으며 중앙 무대에는 좌석이 있었다. 뒤쪽 작은 구역은 빨강과 노랑 방수포로 덮여 있어서 무대로 들어가는 입구 역할을 했다. 아무 소리도 안 들리는 걸 보니 사람이 없는 것 같았다.

몇몇 볼거리와 놀거리를 알리는 포스터가 중앙 무대 주변 여기저기에 붙어 있었다.

"아무 소리도 안 들리는 걸 보니
사람이 없는 것 같았다."

서커스

입구에서 가장 가까운 매대에는 네 가지 각기 다른 수직 유리튜브가 있었다. 각 튜브 옆에는 숫자와 선이 표시되어 있었다. 이 중 하나에는 안에 공이 들어 있었는데 공의 크기는 그어진 선의 간격과 똑같았다. 각 튜브 위쪽 깔때기 부분을 보면 게임의 목적을 알 수 있었다. 정확하게 겨누어서 공을 넣는 단순한 게임이었다. 공이 안으로 잘 들어가면 상품을 탈 수도 있을 것 같았다.

홈스의 목소리가 침묵을 깨트렸다. "실례합니다. 아무도 안 계십니까?" 그가 소리쳤다.

나는 마치 우리 존재가 여기에서 금지되기라도 한 듯 그를 조용히 시키려고 했다. 사실 우리는 여기 있으면 안 되었다. 우리가 잡힌다면 분명 그건 홈스의 자신감 탓일 것이다.

여성의 목소리가 들려왔다. "홈스 씨, 왓슨 박사님, 자주색 테를 두른 텐트로 오시지요."

홈스가 내게 미소를 지으며 한쪽 눈썹을 치켜 올렸다. 소리치기로 한 자신의 결정이 자랑스러운 모양이었다. 우리는 문제의 그 텐트를 향해 걷기 시작했다. 홈스는 내게 먼저 들여다보라고 손짓했다. 반면 내 신경은 단순한 질문 하나로 잔뜩 긴장해 있었다. 이 사람은 우리 이름을 어떻게 알고 있을까?

안을 들여다보았더니 점성술사로 보이는 사람이 나를 맞았다.

"왓슨 박사님, 마침내 뵙게 되어서 기쁩니다." 점성술사가 부드러운 미국식 억양으로 말했다. "오늘 저녁에 대체 무슨 일로 오셨을까요?"

"제 이름을 아시는 걸 보니 제 용무도 아실 것 같습니다만."

"그냥 영업 수완이시겠지." 홈스가 점성술사를 무시하는 투로 불쑥 말했다.

"저는 심령술사입니다. 제 능력은 한계가 있지만 수완과는 '매우' 거리가 멉니다. 홈스 씨."

"그럼 부디 말씀해주시지요. 어떻게 아신 겁니까?" 홈스가 도발했다.

"영혼과 소통하는 데에는 장점이 있답니다. 위험하기도 하지만요."

"부인. 엉뚱하게 말 돌리지 말고 우리에게 줄 정보가 있다면 그냥 말씀해주십시오."

"대신, 드릴 선물이 있습니다."

심령술사는 테이블에 펼쳐진 타로 카드 위에 은 동전 하나를 내려 놓았다.

"저희가 은으로 부인 손바닥에 십자가를 그어야 하는 거 아닙니까?" 홈스가 빈정거렸다.

심령술사는 애써 미소를 지어 보이며 말했다. "더 드릴 말씀은 없습니다. 그자의 스파이는 사방에 있어요. 하지만 이 은 동전을 따라가세요. 그러면 답을 찾게 될 겁니다."

"참 자세히도 알려주십니다." 홈스가 먼저 자리를 떴다. 나는 고개를 끄덕여 인사한 후 은 동전을 집어 들고 나가려고 했다.

"왓슨 박사님, 박사님과 둘만 남았으니 꼭 드릴 말씀이 있습니다." 심령술사가 중얼거렸다.

"무슨 일입니까?" 홈스는 왜 들으면 안 되는지 궁금했다.

"죽음이 오고 있어요."

"뭐라고요?"

"제 타로 카드가 길잡이입니다. 죽음이 분명히 보여요."

"누구에게요? 그리고 왜 저에게만 따로 말씀하시는 겁니까?"

"이건 셜록 홈스의 패입니다. 죽음이 그분께 다가오고 있어요."

나는 조금 놀라서 뒷걸음질을 쳤다. 사실일 리 없었다. 두려움과 의심을 불러일으킬 목적으로 이것저것 꿰어 맞춰 추측하고 영업용 수완을 발휘하는 게 아닐까. 어느 쪽이든 동요되지 않을 수 없었다. 커튼을 내리고 나와 커다란 중심 공연장으로 가면서 앞서 가는 홈스를 바라보았다. 홈스는 이미 다음에 무엇을 봐야 할지 살피고 있었다. 심령술사의 패가 틀리기만 바랄 뿐이었다.

"이쪽이네, 왓슨." 홈스가 소리쳤다.

홈스는 홈이 파이고 상징이 새겨진 금속판 여섯 개와 정육면체 틀을 보고 있었다. '뒤죽박죽 상자'라는 표지가 붙어 있는 이들 금속판은 정육면체 틀에 정확히 들어맞았다. 하지만 어떤 순서로 맞춰질까?

THE MOON

THE SUN

EMPRESS

THE WORLD

JUSTICE

LOVERS

STRENGTH

DEATH

서커스

홈스는 고개를 들다 옆으로 휘청하더니 가까운 벽에 비틀거리며 부딪쳤다.

"괜찮아?"

"물론이야……. 불행히도 내가 예전 같지는 않지만. 걱정은 말게, 왓슨."

나는 믿을 수 없었지만 고개를 끄덕이고 균형을 되찾는 홈스를 주시하며 계속 나아갔다.

마지막으로 펼쳐진 구역에는 중앙에 청동 재질 금속상처럼 보이는 무언가가 들어 있는 유리 상자가 있었다. 가까이 가보니 직육면체를 모아 만든 작은 자동 인형이었다. 인형 '머리' 부분에 리본이 하나 달려 있었고 눈 위에는 눈썹이 그려져 있는 여자 인형 모습이었다. 가슴 부위에는 X자 장식이 있고, 명판에 젤다라는 이름이 적혀 있었다.

조심스레 다가갔다. 어떤 작동 기제 같은 게 갑자기 작동해서 주의를 끌지 않을까 걱정이 되었다. 하지만 인형은 꼼짝하지 않았다. 인형의 눈길을 따라가니 동전을 넣는 구멍이 있었다. 그제서야 나는 은 동전이 생각났다.

"홈스, 와서 이걸 좀 봐."

"잘 만들었군. 작동시켜보고 싶은가봐?"

"그렇지 않다면 이 동전을 왜 받았겠나?"

홈스는 조사해야 하는 시작점이 생겨 신이 났는지 내게 미소를 지어 보이고는 동전을 넣어보라고 부추겼다. 은 동전이 들어가고 몇 초 지나자 자동 인형이 움직이기 시작했다. 인형은 우리 쪽을 바라보았다. 귀처럼 생긴 곳에서 한 줄기 증기가 뿜어져 나오며 마치 악기처럼 '휘익'하는

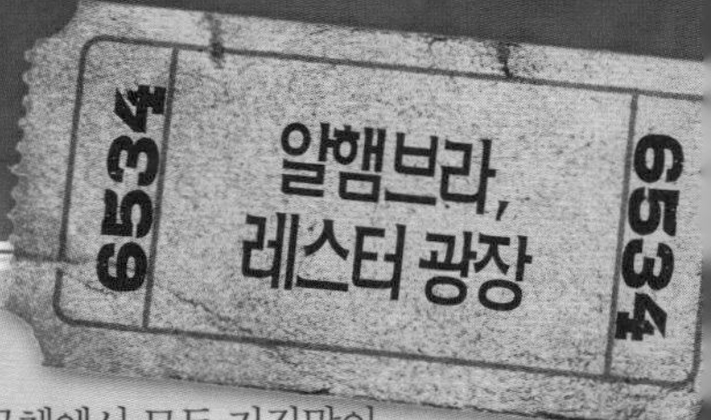

소리를 냈다. 그리고 기계가 움직이면서 단어처럼 들리는 여러 음 소리가 났다. 그렇게 자동 인형이 우리에게 말을 걸었다.

"누군가는 지연시키려 하고, 누군가는 속이려 하지만, 결국 우리는 늘 만날 것이다. 악은 나를 싫어하고, 나는 도덕적인 노래를 하며, 나의 저울은 잘못된 짓을 하는 자와 겨루며 만족하게 된다. 나는 신념 혹은 근력 혹은 의지의 존재일 수 있다. 내 힘은 구하고 죽이는 두 가지 모두를 위해 사용된다. 너는 내 주변에 있지만, 내가 없으면 너는 죽을 것이다. 너의 그 유용한 구체에서 모든 거짓말이 나온다. 이 정확한 순서가 중요하다. 다른 것은 모두 무시하라."

이 말을 마치고 젤다는 처음 자세로 돌아갔다. 우리에게 필요한 것을 알려준 후였다. 막 일어난 일에 놀라서 홈스와 나는 서로 쳐다보았다. 홈스는 불현듯 수첩을 꺼내서는 들은 말을 적었다.

자동 인형 뒤에는 작은 책상이 하나

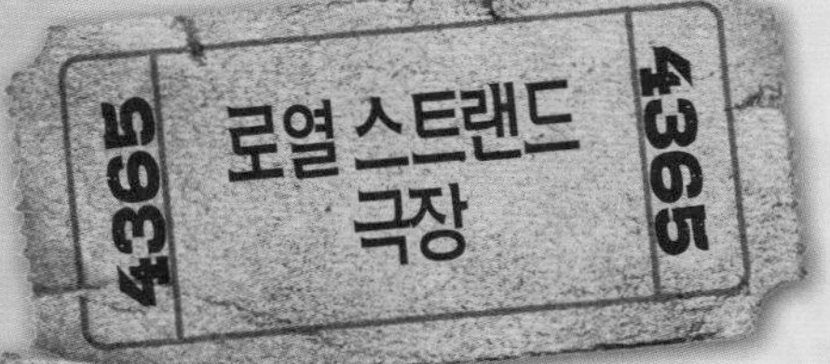

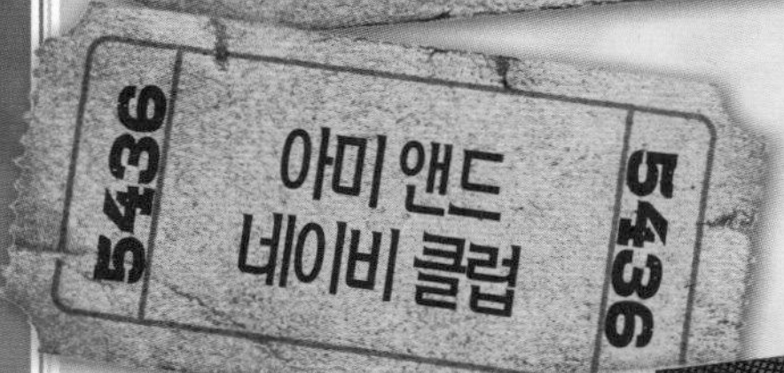

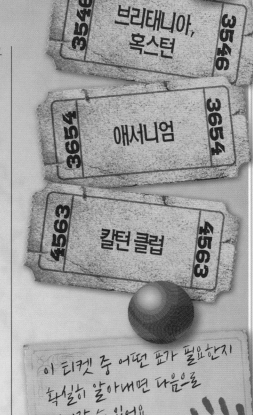

있었는데, 눈에 잘 띄는 데다 가서 앉아보고
싶게 놓여 있었다. 모든 것을 조사해보기에
서커스에는 너무 많은 것이 있었지만, 이
책상의 위치는 유독 특이했다. 책상으로
다가갔다. 책상 뚜껑이 열려 있기에 안에
무엇이 있는지 들여다보았더니 런던
여러 곳으로 가는 티켓 뭉치가 있었다. 그
아래에는 내가 아까 받아 온 은 동전으로
보이는 그림이 있었다. 심령술사는 은
동전을 따라가라고 했다. 그렇다면 티켓을
찾아야 한다는 걸까?

티켓은 다음에 우리가 가야 할 곳을
알려줄 지도 몰랐다. 우리가 이때까지
찾아낸 모든 일은 한 장의 티켓을 가리키는
걸까?

이 티켓 중 어떤 표가 필요한지
확실히 알아내면 다음으로
넘어갈 수 있어요.

힌트
고급자용 - 185쪽
중급자용 - 189쪽
초급자용 - 196쪽
해답 - 220쪽

극장표였다. 그것도 런던에서 가장 큰 극장 중 하나의 표.

이곳이 지난 이틀 동안 우리가 겪은 모든 일의 종착지라는 것을 알 수 있었고, 우리 둘 다 풀고 싶어 하고 손아귀에 넣으려고 쫓아온 가치 있는 비밀이 밝혀지리라는 것을 알 수 있었다.

"잘했어, 왓슨." 직설 화법으로 말하는 친구답게 홈스는 내가 찾은 것을 솔직하게 자랑스러워 했다.

"고맙네." 내가 답했다.

"점을 봐주는 우리 친구가 나에 대해 자네에게 몇 마디 더 한 것 같던데?"

"어떻게 알았……?"

"시간이 걸렸으니까. 자네에게 뭔가 더 할 말이 있는 게 분명해 보였네. 내가 나갈 때까지 기다렸다 말한 것을 보면 내 이야기일 공산이 크지 않나."

"정말 그랬어, 친구." 내가 인정했다.

"하지만 그게 맞는 말인지는 모르겠어."

"내가 죽을 거라고 하던가?"

"비슷한 말이었어."

"그딴 허튼 소리는 우리 둘 다 안 믿으니 잘됐지. 안 그래?"

"그렇지."

그 부인의 말이 맞을 리 없다는 걸 알고 있었지만, '죽음이 다가오고 있다'라는 말은 불안감을 느낄 만큼 충격적이었다. 홈스가

STAGE

나와 같이 극장으로 가지 않는 게 좋을지도 몰랐다. 하지만 나와 동행하지 않다가 죽을지도 모를 일이었다. 뭐가 맞는지 알 수가 없어서 이런저런 가능성을 걱정하는 대신 호들갑 따위는 떨지 않고 무슨 일이 벌어질지 어디 한번 보기로 했다.

"자, 가지, 왓슨. 죽음이 기다리게 내버려둘 순 없잖아."

홈스는 누군가가 틀렸음을 증명할 수 있어 신이 났다는 듯 겅중거리며 걸어갔다.

나는 그를 따라 나가면서 힐끗 자주색 텐트를 돌아보았다. 커튼이 걷혀 있었지만 심령술사는 어디에도 보이지 않았다.

우리는 밤의 어둠 속으로 나서서는 런던 중심부로 가는 마차를 탔다. 마부는 우리를 극장 입구에 내려주었다. 극장에는 새롭게 시작하는 쇼를 알리는 거대한 간판이 걸려 있었다. "탐정의 최후 – 곧 개막." 개막일이 언제인지 보니 내일이었다. 이런 우연의 일치라니.

물론 이곳은 누구든 이 일의 배후에 있는 자가 이야기의 대단원을 내리는 곳으로 선택할 만한 곳이었다. 문이 열려 있어서 홈스는 우리의 적과 대면하러 성큼성큼 걸어 들어갔다. 우리는 이제 분명히 최후의 게임에 임하고 있었다.

DOOR

제10장

극장

극장 로비는 처음 힐끔 보기에는 지금까지 우리가 방문했던 그 어떤 곳보다 웅장해 보였다. 얼마만큼이 진짜인지, 얼마만큼이 싸구려 장식인지는 누구도 확실히 알 수 없다. 내가 홈스를 귀찮게 하며 물어보면 홈스는 분명 판단해줄 테지만, 우리는 일등석으로 이어지는 문을 향해 두려움도 없이 걸어가고 있지 않은가. 하지만 문은 자물쇠로 잠겨있었다.

우리는 더 나아갈 수 없었다. 주위를 둘러보니 여기서 했던 이전 공연의 주요 장면을 홍보하는 포스터와 깃발이 놓여 있었다. 필경 홈스의 예상조차 뛰어넘을 만한 광경을 연출해서 관객을 놀라게 하는 해리 후디니의 공연이었다. 사실 홈스는 이 공연을 싫어할 것 같았다.

"나는 마술 공연을 좋아한다네, 왓슨." 놀랍게도 홈스가 그렇게 말했다.

"하지만 속임수에…… 자네는 넘어가지 않겠지, 홈스?" 내가 대답했다.

"무대 위 마술사는 범죄 현장 혹은 읽어내야 할 사람과 아주 비슷해. 풀어야 하는 퍼즐이고, 일상에 사는 관중을 혼란스럽게 하는 것을 특별히 모아둔 거지."

"속아 넘어가는 데 즐거움이 있는 게 아니고?"

"나는 수수께끼를 푸느라 사는 사람인데, 내가 왜 속아 넘어가기를 바라겠어, 왓슨?"

홈스는 주 공연장의 멋진 무대를 볼 수 있는 다른 입구를 찾으러 옆으로 걸어갔다. 어떤 입구도 찾을 수 없었지만, 구석에 "직원 전용"이라는 팻말이 붙은 문이 아주 쉽게 열렸다. 여느 때와 달리 그가 문을 열고 기다려주었다.

"어, 고맙네. 홈스." 그렇게 대답했지만, 나는 그보다 먼저 들어가서 위험이 있으면 앞서서 당하라는 의도인가 하는 의구심도 들었다. 들어가보니 화려함이 넘치던 극장의 겉모습과 달리 침침한 조명이 비추는 작은 복도가 모습을 드러냈다. 관객에게 보여지는 부분은 돈 들여 치장해서 그런 듯했다. 하지만 이 복도는 앞으로 나갈 때 쥐가 기어가는 것도 보였다고 맹세할 수 있을 정도였다.

복도는 분장실로 이어지는 문 앞에서 끝나고 다른 길이 없었기에 우리는 분장실 안으로 들어갈 수밖에 없었다. 그 방은 작았지만 놀라울 정도로 많은 소품으로 가득 차 있었다. 후디니의 공연 시즌이 막 끝난 데다 후디니는 아직 자신의 물건을 다 치우지 않은 듯했다.

구석에 후디니가 여러 역할을 할 때 활용하는 다양한 의상이 걸린 옷걸이가 있었다. 한 벌을 집어 들어 살피다 그 화려함에 충격을 받았다. 여기저기 비밀 주머니와 틈새가 있어서 그가 묘기를 부릴 때 요긴하게 쓰이는 듯했다. 옷걸이 옆에는 필요한 세트 소품 명단이 붙어 있었다. 하지만 이 중 어떤 것도 더 시간을 들여 검토할 필요는 없을 것 같았다.

홈스는 이 방 출구의 다른 문이 열리나 열어보고 있었다.

그 문도 잠겨 있었다. "아무래도 나가려면

빅토리아
와
집사

탐정의
최후

열쇠가 있어야 하는 모양이네, 왓슨. 내가 내기를 하는 사람이라면 열쇠를 저기 걸린 의상 중 하나에 넣어줄 것 같아."

"맞아, 홈스." 내가 동의했다. "하지만 이 옷에는 물건을 숨길 비밀 주머니와 틈새가 수도 없이 많아 보여. 아마 후디니의 의상이라 그렇겠지."

"한 벌은 후디니 것이 아닌 듯해." 홈스가 말했다.

"공연용이 아닌 옷을 골라 내 열쇠를 찾으면 된다고?"

나는 뒤로 돌아 우리 앞에 놓인 의상을 보며 소거법을 쓰기 시작했다. 결국 한 벌이 남았다. 우리가 거쳐온 여정과 관련해 불길한 느낌을 주는 옷이었다.

옷을 한 벌 고르면 다음으로 넘어갈 수 있어요.

세트 소품 목록 - 필요한 의상 확인을 잊지 말 것.
도입부 - 나비 넥타이와 실크해트로 말쑥한 차림
1막(여러 소품과 동물 출연진 포함)
빨간 드레스를 입은 조수가 관 묘기를 위해 필요
2막(수중 탈출 및 작업장 효과 포함)
피날레 - 도입부와 반대되는 색상 효과

철도 검표원의 유니폼은 세트 소품 리스트나 벽에 붙은 포스터에 묘사된 쇼의 내용과 맞아 떨어지지 않았다. 이 옷만 별개였다. 나는 몇 안 되는 주머니에 손을 넣어 뒤지다 마침내 금속성 물건, 열쇠를 찾았다.

자랑스럽게, 하지만 머뭇거리며 열쇠를 치켜들고 문 쪽으로 향했다. "이거야, 홈스." 내가 속삭였다. "이제 우리 여정도 끝이야."

"아마도. 앞장서겠어? 자네가 거의 이끌고 왔으니까."

"정말 친절하군. 위험한 일을 내가 먼저 대면하기를 기대하는 게 아니라면 말이지."

"그야 모를 일이지." 홈스가 능청스러운 얼굴로 갸웃거렸다. 열쇠를 써서 문을 열었다. 누군가가 깜짝 놀라기를 바랐으나 어둡고 먼지투성이인 텅 빈 복도만 마주했을 뿐이었다. 다음 순간 나는 우리가 주 무대에서 갈라져 나오는 옆 갈래에 서 있음을 깨달았다.

홈스가 무엇을 보았는지 서둘러 앞으로 나가 무대 중앙에 무언가 작은 물품이 놓여 있는 쪽으로 곧장 향했다. 나는 서까래를 살펴보았고 정교한 소도구와 물품이 매달려 있는 것을 보았다. 무대로 내려서 관객에게 보여주는 소품인 게 분명했다.

홈스 쪽을 보니 무대 중앙의 물건은 모자였다. 그것도 내가 알아볼 수 있는 모자였다. 홈스가 그 모자를 집어 들려고 몸을 굽혔을 때 무언가 탁 하는 소리가 관중석에 울려 퍼졌다. 우리 둘 다 위를 올려다보았는데, 아뿔싸, 이미 늦었다. 천장에서 거대한 유리 격실이 떨어지는 것이 보였다. 내 심장은 미친 듯 뛰

었다. 유리 격실은 서 있는 홈스 주위에 그대로 떨어졌다. 후디니 쇼의 그 유명한 수중 탈출 장치에 홈스는 꼼짝없이 갇혔다!

홈스는 놀라울 정도로 침착함을 유지하며 어디 약한 곳이 없는지 유리벽을 더듬어 찾았다. 그동안 나는 그를 꺼내는 데 도움이 될 만한 도구가 없을지 주변을 둘러보고 있었다. 그때 깊은 목소리 하나가 관중석에서 흘러나왔다. 2층 특별석에 한 인물이 있었다. 유리 격실에 쏟아지는 스포트라이트 불빛 바깥쪽이라 실루엣만 보였다.

"홈스 씨, 그리고 왓슨 선생. 여기까지 와주다니 몸 둘 바를 모르겠네." 그 인물이 소리쳤다. "나를 알아볼 것 같은데 말이지?"

홈스가 외쳤지만 유리 격실 안이라 소리가 둔탁했다. 남자가 빛 속으로 걸어 들어와서 빛을 막자 자세하게 그의 모습을 볼 수 있었다. 그가 움직일 때 약간 다리를 저는 것도 보였다. 그의 말이 맞았다. 본 적이 있는 사람이었다. 바로 쿠컴행 열차의 검표원이었다. 저 사람이 여기서 무엇을 하고 있는 걸까?

분장실에 있던 유니폼의 의미가 분명해졌다. 하지만 나는 여전히 혼란스러웠다. 홈스를 돌아보았다. 그는 흥분해서는 알아들을 수 없는 말을 외치고 있었다. 그는 "누가 파티에 함께했지?"라고 묻는 것 같았다.

검표원은 홈스를 향해 손짓을 해보였다. "홈스를 내게 데려다주어서 고맙군, 왓슨 선생. 나 혼자서는 그를 못 찾았을 거야."

"무슨 소리요? 이 모든 일의 배후에 있는 게 당신이요? 홈스를 죽이려는 시도 배후에

있는 자가?"

"물론이지. 의심할 여지가 있나?" 여전히 말이 되지 않았다. 나는 홈스를 돌아보았고, 그가 집어 들었던 모자를 보았다. 저 모자를 어디서 보았더라? 물론 본 적이 있었다. 라이헨바흐 폭포에서 떨어진 모자였다.

"파티에!" 홈스가 다시 한 번 외쳤다.

"무슨 파티?" 내가 물었다. 홈스는 고개를 저었다. 내가 잘못 알아듣고 있는 걸까? 저와 비슷한 소리가 나는 다른 단어가 뭐가 있을까? 그 인물이 웃었다. "홈스는 나에 대해 경고하고 있는 거야, 왓슨 선생."

그제야 진실을 깨달을 수 있었다. 이 자는 내가 어제 기차에 타기 전까지는 본 적 없는 인물이다. 하지만 아주 오랫동안 알고 있던 인물이기도 했다. 자신에게 도전했던 유일한 사람에 대적해서 유리한 고지를 점하려고 하는 사람이기도 했다. "파티에"가 아니었다.

제임스 모리아티 교수였다. 홈스가 내게 해주려던 말은 이거였다.

"어떻게 그 폭포에서 살아남은 거요?" 내가 외쳤다. 저 자는 죽었어야 했다. 그런데 대신 죽음이 정말로 이렇게 나와 홈스에게 찾아와버렸다.

"당신 친구가 살아남은 방법과 같은 방법이지. 우연이랄까. 홈스가 나보다 더 큰 부상을 당한 것 같군. 그래서 이전처럼 활동을 못하는 것 같고."

"홈스는 누가 자신을 뒤쫓고 있다는 걸 알고 있었소."

"그리고 그게 누군지 알아내는 데 도움을 받으려고 선생을 끌어들였지. 대신 선생은 홈스를 곧장 내게로 데리고 왔고. 홈스의 마지막 찬스는 내가 설치한 함정을 피하는 거였어. 그런데 보라지, 후디니의 수중 탈출 격실에 갇힌 꼴을."

"왜 홈스 또는 나를 그냥 죽이지 않는 거요?"

"선생이 나 대신 홈스를 찾을 때까지 나는 홈스를 찾을 수 없을 거야. 그래서 이 모든 걸 꾸몄지. 당신들 둘 다 제 발로 내게 걸어오도록. 홈스가 부상을 입은 데다 평상시 추리력이 아닌 걸 이용할 마지막 기회니까."

"하지만 당신 시체가 발견되었잖아요. 당신은 죽었다고요."

"이런, 왓슨 선생. 그렇지 않아. 나와 외모가 일치하는 사람을 두루두루 찾았지. 세인트 메리 병원에 있는 내 연줄이 아주 쓸모가 있어서 말이야, 내게 어떤 시체를 파내야 하는지도 알려주더라고. 당신은 그자를 부처나 매커보이로 알고 있겠지. 그리고 가발 제작자가 내 외모를 바꾸는 걸 도와주어서 나는 완벽하게 사라질 수 있었어. 이전 동료인 해리 후디니였어도 이만큼은 못했지."

"이제 우리를 어떻게 하려는 거요?"

"홈스와 나 사이의 갈등은 그 불확실성에 기쁨이 있지. 어느 쪽이든 성공할 기회가 있으니까. 그렇다고 내가 봐줄 거라는 뜻은 아니니 오해 마시고. 여기 세트는 여러 가지 가능성을 내게 유리하도록 쌓고 또 쌓은 결과요. 하지만 내 말을 새겨들으시오, 선생. 희박하지만 가능성은 있으니까. 그리고 그 희미한 희망 때문에 선생은 친구를 구하려고 시도할 거요. 나는 그때 탈출할 거고. 선생이 실패하면 앞으로 내가 어떤 일을 하든 방해하는 자가 없겠지."

내가 뭐라 대답할지 잠시 고민하는 동안 모리아티는 비웃음을 흘리고 있었다. 이 시간은 모리아티가 밧줄을 잡아당겨 홈스가 갇힌 격실 안으로 물이 쏟아져 들어오게 하기에 충분했다. 내가 유리를 깰 무언가를 찾고 있을 때 홈스의 신발이 물에 잠기기 시작했다.

"유리를 깨는 데 쓸 만한 도구는 내가 다 치웠다오, 선생."

어떻게 해야 하지? 내가 행동에 나서기 전에 모리아티는 조명 밖으로 나가서 위쪽 출구로 향했다. "두 분 다 즐거운 파티가 되시길." 이렇게 외치고 그는 사라져버렸다. 홈스가 익사하기 전에 그를 구해야 했다. 시간이 흐르고 있었다. 나는 침착을 되찾고 모리아티가 남긴 희박한 가능성을 찾아내야 했다.

무대 위쪽을 올려다보았다. 많은 소품이 매달려 있었는데, 후디니 공연을 위한 소품인 게 분명했다. 어떤 소품을 내려야 상황을 악화시키지 않을까? 알 수가 없었다. 그때 무대 반대편에 A부터 H까지 문자가 새겨진 밧줄이 잔뜩 있는 게 보였다.

홈스는 미친듯이 바닥을 가리키고 있었다. 그가 갇힌 격실 아래를 보니 홈스가 무엇을 보고 그러는지 알 수 있었다. 함정문이 있었

다. 그 문을 열면 무대 아래로 홈스가 떨어지고 물도 쏟아져 내릴 게 분명했다.

나는 밧줄이 있는 곳으로 달려갔다. "함정 문들"이라고 쓰인 커다란 레버가 눈에 띄었다. 이 밧줄이 분명했지만 얇은 금속 파이프가 밧줄을 고정하고 있었고, 거기에는 세 자릿수 비밀번호로 열리는 자물쇠가 채워져 있었다. 더 가까이 가서 살펴보니 파이프는 섬세하고 속이 비어 있었지만 구부리거나 비틀어 치워서 레버를 당길 수는 없었다. 모리아티가 말했던 것처럼 완력은 옵션이 아니었다. 하지만 이제 홈스를 구하기 위해 무엇을 해야 하는지 알았다. 세 자리 숫자가 필요한데, 제 시간 안에 숫자를 알아낼 수 있을까?

그때 무대 커튼 뒤 한쪽 면에 여덟 개 매듭 디자인이 있는 게 눈에 들어왔다. 반대편에는 동물 실루엣이 커튼 천에 꿰매어져 있었다. 커튼 양쪽 면에 이리저리 교차하는 선들은 모두 커튼 가장자리까지 이어지다 끝났다.

홈스가 유리를 두드렸다. 그의 입술을 읽었더니 이렇게 말하는 것 같았다. "자네 방식대로 해." 문득 홈스는 유리 반대 면에서 무언가를 본 듯했다. 다가갔더니 홈스가 말하는 것을 들을 수 있었다.

"왓슨, 내 말 잘 듣게. 몇 가지 모양이 보이네. 점이 여섯 개씩 세 세트야. 몇몇 점은 안이 비어 있는데, 몇몇 점에는 검은 핀이 박혀 있어. 여섯 개 점 한 세트는 같은 모양으로 배열되어 있네. 2열 3줄로. 첫 번째 세트에 맨위 점 두 개에 핀이 박혀 있어. 두 번째 세트는 위 두 개 점과 가운데 왼쪽 점에 핀이 박혀 있어. 세 번째 세트는 가운데 줄에 다 핀이 박

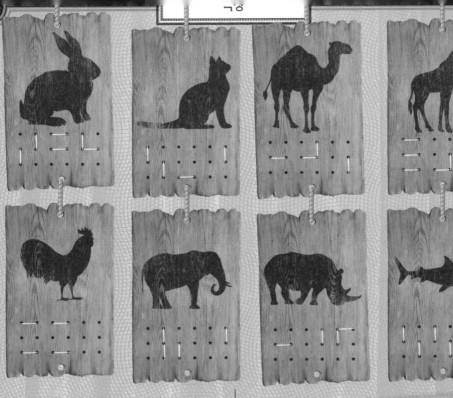

혀 있고 위쪽 열 왼쪽에 핀이 박혀 있네.

그리고 이 세트 아래에는 밧줄 모양과 SH 가 그려져 있어. 이걸 보고 알아낼 수 있겠 나?"

"아직 모르겠네. 하지만 무슨 의미가 있는 게 분명해." 내가 외쳤다.

무대 반대편 끝에서 보니 무엇이 매달려 있는지 더 잘 보였다. 판자에 그려진 동물 그림이었다. 그 아래 이상한 디자인이 있었다. 나는 이 정보를 이용해서 함정문 레버를 당길 수 있는 세 자리 수를 알아내야 했다.

이걸 알아내면
함수를 구하고 다음으로
넘어갈 수 있어요.

힌트
고급자용 - 185쪽
중급자용 - 190쪽
초급자용 - 196쪽
해답 - 221쪽

나는 속이 빈 금속 파이프에 묶인 자물쇠를 풀고, 비틀어서 파이프를 치운 후 레버를 아래로 힘껏 한번에 당겼다. 다음 순간 내 세계가 무너져 내렸다.

"함정문들"이라고 표시된 레버에서 '문들'이라고 복수형으로 써 놓은 것의 의미를 내가 제대로 고려하지 못한 듯했다. 홈스 발밑의 함정문이 열리면서 그는 목숨을 건졌지만, 동시에 내 발밑에 있던, 내가 알아차리지 못한 함정문이 열린 것이다.

나는 떨어졌다.

영원과 같은 시간이 지나고 나는 물이 가득 찬 유리 격실로 떨어졌다. 아니면 관이라고 해야 하나. 머리 위로 격자 창살문이 닫히면서 나를 물속에 가두었다. 나는 탈출할 방법이 있는지 찾기 시작했다. 위쪽 격자 창살문은 얇은 금속 널로 만들어져서 손은 내밀 수 있어도 입은 내밀 수 없었다.

볼 수 없었지만 격자 창살문은 단단히 잠겨 있었다. 숨이 차올랐다. 홈스가 바로 내가 갇힌 유리 격실 앞에 잘 쌓여 있는 모래 주머니 더미로 떨어지는 것이 보였다. 홈스는 흠뻑 젖었지만 안전했다. 하지만 우리가 처한 상황을 진심으로 걱정하는 표정이었다.

내가 침착하려고 애쓰는 동안 홈스는 벌떡 일어나 주변을 미친듯이 살폈다. 침착하면 할수록 나는 더 오래 숨을 참을 수 있었다.

홈스가 내게 돌아와 유리에 대고 외쳤다. "자네를 도울 도구가 없어. 거기서 자네를 꺼낼 수가 없네, 왓슨." 그는 우리의 뒤바뀐 운명에 정말로 절망한 표정이었다.

이게 나의 끝일까? 나는 이 유리 감옥에서 어떻게 나갈 수 있을까?

번뜩 깨달음이 스쳐갔다. 내 눈앞에서 빛나기 시작한 섬광보다도 훨씬 반가운 깨달음이었다. 내 우선순위가 틀렸음을 알았던 것이다. 내가 숨을 못 쉬고 있어서 시간이 부족할 뿐이었다. 시간만 더 있다면 홈스는 나를 풀어줄 방법을 찾거나 나를 풀어주기 위한 도움을 구해올 수 있을지도 몰랐다.

지금 내게 필요한 것은 숨쉬는 방법 뿐이었다. 하지만 그게 무엇일까?

"영원과 같은 시간이 지나고 나는 물이 가득 찬 유리 격실로 떨어졌다. 아니면 관이라고 해야 하나."

독자 여러분은 물이 가득 찬 이 유리 격실에서 숨쉬기 위해 내게 정확히 무엇이 필요한지 추리할 수 있나요?

나는 함정문 레버에서 떼어낸 금속 파이프를 여전히 손에 쥐고 있었다.

나는 파이프를 입에 대고 격자 창살 틈으로 파이프를 내민 다음 속에 든 물을 불어서 뱉어내고 달콤한 공기를 들이쉬기 시작했다. 최소한 나는 한동안은 살아 있을 수 있었다. 홈스는 안심하는 표정이 역력했다. 그는 이 문제를 풀 방법이 없었던 것이다.

내가 내려다 보니 홈스는 유리 격실로 다가와 내가 움켜쥐고 있는 창살을 지나쳐 거기 기대어 섰다. 홈스가 태연하게 굴자 안심했던 마음이 좀 상했다. 내 상황이 나아진 것은 맞지만, 나는 여전히 갇혀 있지 않은가.

홈스는 뒤로 물러서더니 유리 격실이 조금이라도 움직이는지 보았다. 그러더니 그는 부딪쳐 유리 격실을 넘어뜨리려는 듯 뒤로 물러났다가 격실로 달려왔다. 하지만 소용없었다. 홈스는 손을 들어 손가락 하나를 펴서 '잠시만'이라고 입 모양을 움직여 말하더니 달려가 내 시야에서 사라졌다.

그렇게 기다리는 동안 영겁의 시간이 지난 것 같았다. 나는 호흡은 하고 있었지만 내 주변에서 무슨 일이 일어나는지 전혀 모르는 상태라 편안하게 매달려 있는 게 아니었다. 몇 분인지 긴 시간이 지나고 홈스는 시끄러운 경찰 한 무리와 함께 돌아왔다. 다름 아닌 레스트레이드 경감이 이끌고 있었다.

이들은 다가와서 온 힘을 다해 유리 격실을 밀었다. 유리가 넘어지며 산산조각으로 깨졌다. 격실에서 벗어나 평정심을 되찾은 나는 친구의 부축을 받으며 일어섰다. 그리고 물었다. "경감님, 어떻게 이렇게 빨리 오실 수 있었습니까?"

"홈스 씨가 정신이 나가서 당신을 살해하려 한다는 정보를 들었지 뭡니까, 왓슨 선생."

"살해? 그렇군." 홈스가 생각난 듯 말했다. "모리아티는 나를 죽이려던 게 아니었어. 내가 자네를 죽인 것처럼 보이게 만드는 계획이었어, 왓슨. 이 모든 일이 내게 누명을 씌우는 일이었어."

"하지만 왜?"

"나를 죽이면 게임이 안 되잖아. 나를 죽이는 건 너무 쉬우니까. 나를 정말로 이기려면 나를 살려둬야 했지. 그래야 내가 패배를 인정할 테니."

마침내 우리는 마지막 도전에서 이겼지만 이걸 승리라고 부르기는 어려웠다. 모리아티는 도망갔고, 여전히 살아 있지 않은가.

하지만 홈스는 능력을 거의 되찾은 상태였다. 우리 협력 관계에서 내가 큰 몫을 해야 한다는 압박은 당분간은 없을 듯했다. 이번에 나는 제법 잘 해낸 것 같았다. 홈스는 온전히 인정하지 않았지만.

"잘했네, 왓슨." 홈스가 다소 어정쩡하게 말했다. "자네가 보여준 실력은 실로 놀라웠네. 거의 내 수준이었어."

"진심으로 하는 소리 아니지, 홈스?" 홈스가 만만치 않다고 느낄 만큼 내 실력이 늘었을까?

"물론 아니지. 하지만 자네가 이 말을 듣고 싶어할 것 같아서."

고급자용 힌트

게임이 시작되다

숫자가 매겨진 전보

베이커 스트리트 221B

체리턴 사건
필체를 보면 분명하다.

카르페 디엠
라틴어를 해석할 수 있는지?

화학 실험
또 어디서 내가 이런 화학물질을 봤을까?

악보
음표 번역

레코드판의 긁힌 자국
대시(-) 점(.) 대시(-) 점(.)

상점 사진
절대 무작위로 놓인 것이 아니다.

사건 파일
엉망진창으로 정리되어 있는 홈스의
서류철에도 순서가 있을지 모른다.

쿠컴행 열차

짐 가방 1
처음에 나는 당황했다.

잠긴 여행 가방
다른 가방과 눈에 띄게 다른 가방 하나가
열차에 분명히 있다.

짐 가방 2
내게 필요한 정보는 전부 기차 칸 안에
흩어져 있다.

지워진 노선도
기차 칸 안 어디에서 내가 또 역 이름을
봤을까?

기차 안 기차
기차 차량과 직원

식사 재료
몇 인분이 남는가?

홈스테드 저택

초상화 수수께끼
전에 이 남자의 '얼굴'을 본 적이 없는 것
같다.

카드 게임
이 카드 게임의 배열을 알아보지 못했다.

도자기 접시와 침대보 무늬
침대보의 특이한 디자인은 도자기 접시와
특정 방식으로 맞아떨어진다. 하지만
완전히 맞아떨어지는 것은 아니다.

부엌 수수께끼
남다른 것 하나를 제외하라.

저택 업무
겉보기에 이 업무의 세부사항은 내게
무의미한 것 같다. 하지만 직원들에게는
중요하다고 본다.

특이한 시계
언뜻 보기에 시계는 망가진 것처럼 보인
다. 하지만 잘 관리되고 있기도 하다. 이
집의 주인은 왜 시계를 즉시 고치지 않
았을까?

홈스테드 저택 평면도
평면도가 지도라면 저 사각형이 출발점
일까?

정신의 궁전

형형색색의 하늘
홈스의 단서

떠다니는 문자
색의 의미

쏟아지는 모자
쌍을 이루고 있다.

매장 안 된 시체
시체는 특정하게 반복되는 패턴과 크기와
색상으로 이루어져 있다. 여기에는 의미
가 있다.

독특한 쥐 퍼즐
다양한 색과 무늬와 크기로 쥐와 함께
격자를 채워 나가면서 시작하면 된다.

수술실

어떤 가발일까?
세어보라.

부풀어 오른 시체
의사가 가장 좋아하는 직소 퍼즐이라고
생각하라.

블록 타일 퍼즐
가로세로 축이 중요하다.

의료 기록 퍼즐
볼턴 기록은 없다. 하지만 여기에 적절한
다른 특징이 없을까?

수학적인 마취제
해당 환자의 몸무게를 알면 시작은 할 수
있다.

모든 것의 열쇠
원래 이 방에 있던 게 아니다.

고급자용 힌트

교회

성인이 그려진 창과 성인상
조각상은 스테인드글라스 성인과 동일한가?

오르간의 음계
홈스의 제안

스테인드글라스
여러 가지 색인가?

아주 기묘한 성경
제목

회중석 퍼즐
격자무늬다! 좌표는 무엇인가?

거짓말하는 사제
흙 묻은 신이 열쇠다.

수수께끼의 지하묘실
이번에는 A가 1이 아니다.

런던경찰국

유력 용의자 카드
용의자 여섯 명. 하지만 어디서 시작하지?

압수 물품
눈여겨봐야 한다고 표시된 물품이 있는가?

런던 순찰
지도를 그려보라.

현상수배된 자는?
X 표시가 되어 있다.

범죄 세부 내역
범죄 내용 참조

코노트 로드 기물 파괴범
마지막 두 사람

5번 감방
유력한 인물

감방

주사위 굴리기
출발점에서 시작하라.

에로스
톱니바퀴를 한 바퀴 돌려라.

하비
다음에는 어디를 봐야 할까?

색이 칠해진 창살
창살 뒤 문자는 숫자인가?

생일 축하
케이크 장식이 눈에 익다.

낙서가 있는 벽
어디로 갈지 방향을 알아야 한다.

고급자용 힌트

서커스

젤다의 수수께끼
답은 네 개가 있다.

예언하는 심령술사
그녀는 수수께끼의 존재다.

뒤죽박죽 상자
금속판에도 상징이 담겨 있다.

인기 볼거리
포스터의 문양은 내가 가지고 있는 자를 참고해야 한다는 뜻 아닐까?

공 던지기
내가 원래 생각했던 것보다도 정신력이 필요한 게임이다.

최후 결전지로 가는 티켓
서커스에서도 순서가 중요하다.

극장

의상 수수께끼
세트 소품 목록부터 시작하면 좋다.

여닫이 커튼
커튼을 당겨 닫아서 전체 그림을 보는 게 나을 것 같다.

힘든 시간
장님이 장님을 끌고 가는 격.

매달려 있는 소도구
겹쳐보라.

최후의 탈출
호흡할 수 있는 도구

보너스 퍼즐
마차를 탄 어린 소년이 누군지 알아볼 수 있는가?

중급자용 힌트

게임이 시작되다

홈스는 아미티지 이야기를 다른 날에 하겠다고 한다. 흥미롭다.

베이커 스트리트 221B

체리턴 사건
너무 똑같아서 눈에 확 띈다.

카르페 디엠
카르페 디엠은 '오늘을 즐겨라'라는 의미다.

화학 실험
화학물질의 색상은 방 안에 숨겨져 있다.

악보
음표를 문자로 치환할 수 있다. 그러나 특정한 이 음악을 문자로 치환하면 의미가 통하는 단어가 되지 않는다.

레코드판의 긁힌 자국
일련의 점과 대시는 방 안에서 내가 찾은 다른 것을 분명히 떠올리게 한다.

상점 사진
나는 최근 본드 부부가 운영하는 상점에 갔었고, 굉장히 즐거운 경험이었다. 하지만 다른 상점은 이 근처에서 본 적이 없었다. 상점 각각에 가서 사진을 찍은 이유가 있는 게 분명했다. 홈스는 감상적인 사람이 아니다.

사건 파일
홈스의 이전 사건을 이용한 것은 실로 영리한 수법이다.

쿠컴행 열차

짐 가방 1
아마도 이름은 그 자체로 단서인 것 같다.

잠긴 여행 가방
다른 칸에 있는 여행 가방 중 어떤 것도 열리지 않는다면, 답은 다른 곳에 있다는 뜻일까?

짐 가방 2
논리적으로 생각하며 풀어야 한다.

지워진 노선도
역이 그려진 노선도에 빠진 이름이 있다. 이 역 이름을 채워 넣어야 한다.

기차 안 기차
쿠컴발 라운드워커행 열차에 대한 정보가 있다. 아마 같은 규칙이 메이든헤드발 쿠컴행 열차에도 적용되는 게 아닐까?

식사 재료
메이든헤드발 쿠컴행 열차에 탄 직원의 수를 알았으니 이제는 매번 운행 시 직원이 먹는 식사의 양을 알아낼 수 있다.

중급자용 힌트

홈스테드 저택

초상화 수수께끼
얼굴은 모르지만 이름은 친숙하다.

카드 게임
말도 되지 않는다. 어떤 게임도 이렇게 배열하지 않는다. 카드 덱이 이런 식으로 배열된 데에는 이유가 있을 것이다.

도자기 접시와 침대보 무늬
접시 30개가 있고 침대보에는 네모 문양 30개가 있다. 이 무늬에는 무언가 중요한 게 있다.

부엌 수수께끼
냄비로 돌아가 그 적절한 배열을 보면 무언가 알 수 있을지도 모른다.

저택 업무
"저택 주인은 모든 직원의 하루당 노동 시간 총합에만 관심 있음."
왜 그럴까? 시간이 핵심이다!

특이한 시계
수요일 2시. 이 숫자와 요일은 분명히 표시해놓을 정도로 중요한 게 틀림없다.

홈스테드 저택 평면도
그 격자무늬는 유용하지만, 어디부터 '시작'해야 할까?

정신의 궁전

형형색색의 하늘
홈스가 불러오는 물건의 객관적인 색은 저 색이 아니다.

떠다니는 문자
문자 뒤 색상이 낯익은 듯하다.

쏟아지는 모자
내가 두 개를 보고 있는 걸까?

매장 안 된 시체
이름은 모두 여섯 개 문자로 구성되어 있고, 각각의 시체에는 식별가능한 특징, 사이즈, 색과 문양이 있다. 각 다섯 항목씩 있다.

독특한 쥐 퍼즐
격자 주위에 배열된 모자들…… 다른 것과 다르다고 앞서서 내가 주목했던 두 모자에는 무언가 중요한 부분이 있다. 이것의 위치가 무언가를 나타내는 걸까?

수술실

어떤 가발일까?
보이는 가발을 카탈로그와 맞춰보는
일이 필요하다.

부풀어 오른 시체
그림이 완성되면 무엇이 빠졌는지 보일
것이다.

블록 타일 퍼즐
좌표가 두 개 있는 것 같다.

의료 기록 퍼즐
내가 무엇을 찾아야 하는지 구별하게
도와줄 수 있는 무언가가 이 방 안에
분명히 있다.

수학적인 마취제
물론 체중을 알고 있는 환자 한 명을 이
방 안에서 이미 알아보았다.

모든 것의 열쇠
홈스는 언제나 손놀림의 대가다.

교회

성인이 그려진 창과 성인상
성인에 대해 이미 내가 알고 있는 정보를
이용하면 조각상을 식별할 방법이 있다.

오르간의 음계
색이 칠해진 건반이 중요하다는 것은 이미
알고 있다. 그렇다면 이 건반을 가지고
무엇을 해야 할까?

스테인드글라스
이 창은 교회에서 흔히 볼 수 있는 여러
가지 색이 들어간 스테인드글라스가
아니다.

아주 기묘한 성경
이야기의 등장인물이 낯설지 않다.

회중석 퍼즐
아, 건반 자료를 회중석 격자무늬에 대면
완벽하게 맞아떨어지는구나. 하지만 이건
아무런 의미도 없다. 의미를 찾으려면
내가 아직 더 찾아야 하는 다른 게 있을까?

거짓말하는 사제
장례식 일정은 언제로 잡혀 있었는가?

수수께끼의 지하묘실
무덤은 26개다. 그리고 26개 정보로 이루
어진 다른 카테고리가 두 개 더 있다.

런던경찰국

유력 용의자 카드
용의자 중 소거할 수 있는 사람은? 해당
정보는 파일 안에 다른 곳에 있는 게 분명
하다.

런던 순찰
경관의 순찰 루트를 짚어보는 일은 단조롭
고 지루하지만, 훌륭한 경찰의 업무는 대
개 단조롭다.

압수 물품
몇 개 물품이 묘사되어 있는가?

현상수배된 자는?

지시사항을 따라가다 보면 나이프의 직장을 보게 되는데, 이를 보면 이 사람의 진짜 이름을 알 수 있다.

범죄 세부 내역

저지른 범죄는 다섯 가지다.

코노트 로드 기물 파괴범

이것은 유력 용의자 다수에 해당할 수도 있다. 하지만 남아 있는 용의자 중에서는 오로지 한 명만 이에 해당된다.

5번 감방

홈스는 이 감방에 이전에 수감된 이가 누구인지 알고 있는가?

감방

주사위 굴리기

굴려보라, 굴려보라.

에로스

격자판은 톱니바퀴가 중요하다는 것을 나타낸다. IN칸에 넣을 게 내게 있던가?

하비

방 안에 있는 다른 물건에도 하비라는 이름이 써 있었다. 여기서 나는 무엇을 알 수 있을까?

색이 칠해진 창살

색칠된 모습이 참으로 흥미롭다. 어떤 창살은 왼쪽 절반에만, 어떤 창살에는 오른쪽 절반에만 색이 칠해져 있고, 또 어떤 창살은 전체에 가로질러서 색이 칠해져 있다. 여기에는 분명 의미가 있다.

생일 축하

그 모든 수고를 하면서도 그들은 촛불을 새 것으로 구태여 사는 수고는 하지 않았다. 그렇다면 혹시…….

낙서가 있는 벽

내가 알아낸 두 정보열은 모두 정보를 13개씩 가지고 있다. 이들은 어떤 식으로든 서로 연관될 것이다.

서커스

젤다의 수수께끼

수수께끼는 ─ 정말로 수수께끼라면 ─ 이 기묘한 서커스 안의 다른 무언가와 관련되어 있다.

예언하는 심령술사

수수께끼의 답은 나를 타로 카드로 이끌었다. 하지만 이 정보를 가지고 난 무엇을 해야 할까?

뒤죽박죽 상자

서커스 게임의 물건은 조각조각 맞추면 하나의 정육면체가 된다. 똑같이 해보지 않을 이유가 없다.

인기 볼거리

개인적으로 무엇을 자세히 살펴야 하는지 가늠할 수가 없다.

중급자용 힌트

공 던지기

서커스장은 여기저기 흩어져 있는 공을 빼고는 단정하게 정리되어 있다. 누군가 이 공을 의도적으로 이렇게 둔 걸까?

최후 결전지로 가는 티켓

내게 필요한 것은 4개 숫자다.

극장

의상 수수께끼

각 막에 대한 묘사는 크게 도움되지 않는다. 수중 탈출이라고? 그게 무슨 뜻일까? 도움이 될 만한 게 다른 데 있는 게 분명하다.

여닫이 커튼

매듭은 모두 하나의 문자와 관련 있다.

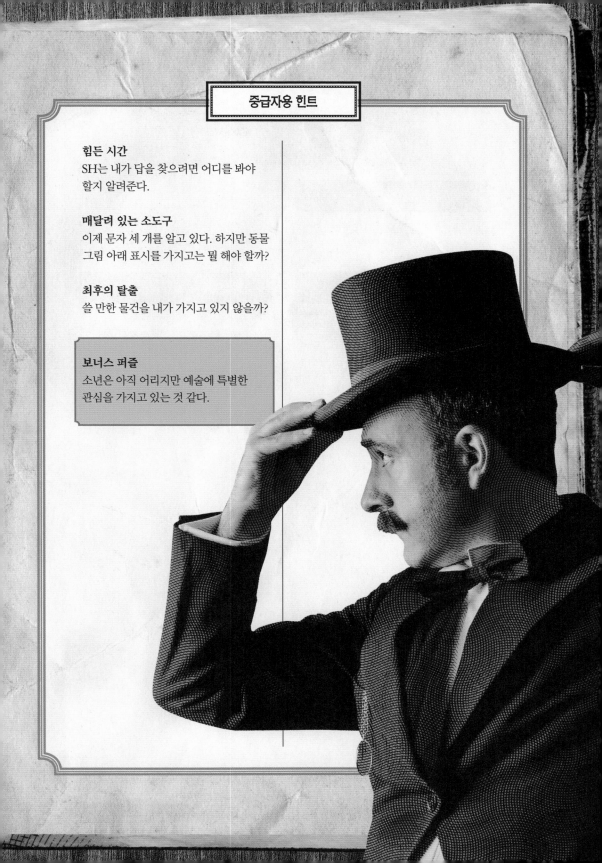

중급자용 힌트

힘든 시간
SH는 내가 답을 찾으려면 어디를 봐야
할지 알려준다.

매달려 있는 소도구
이제 문자 세 개를 알고 있다. 하지만 동물
그림 아래 표시를 가지고는 뭘 해야 할까?

최후의 탈출
쓸 만한 물건을 내가 가지고 있지 않을까?

보너스 퍼즐
소년은 아직 어리지만 예술에 특별한
관심을 가지고 있는 것 같다.

초급자용힌트

게임이 시작되다

계단에 그어진 선을 보면 무언가가 떠오른다. 특히 선을 조합해서 보자.

베이커 스트리트 221B

체리턴 사건
내 눈앞에 있는 무언가가 일정표와 손으로 쓴 협박 편지를 연결 짓고 있다.

카르페 디엠
방 안에서 내가 특정한 날짜를 또 어디서 봤을까?

화학 실험
내게 남겨진 문자는 뒤죽박죽 섞여 있었다. 하지만 이것저것 조금 만지작거린 후 나는 어떤 철자를 알아냈다.

악보
홈스가 악보에 적어 놓은 숫자에는 어떤 의미가 있는 게 분명하다. 일종의 암호일까?

레코드판의 긁힌 자국
그럼 그렇지! 모르스 부호다. 홈스의 테이블에 앉아 부호를 풀어봐야겠다.

상점 사진
아, 이름들이라니. 그런데 이 이름은 다소 마구잡이로 섞여 있다. 맞는 순서를 어떻게 알아낼까?

사건 파일

찾아낸 답은 모두 사건 파일로 돌아가게 했다. 내가 찾아낸 파일을 뒤지다 보면 이 상황에 대해 뭔가 알 수 있지 않을까.

쿠컴행 열차

짐 가방 1
하얀색 가방은 먼 길을 이동해온 듯싶다.

잠긴 여행 가방
해답이 줄곧 내 눈앞에 있었다니!

짐 가방 2
사건 노트에 논리적으로 표를 그려서 홈스가 내게 준 정보를 분석하면, 여행 가방과 그 주인과 여정을 매치할 수 있지 않을까.

지워진 노선도
노선도는 축척을 쓰고 있다. 그래서 여정의 거리를 사용하면 빈 곳을 제대로 채울 수 있을 것이다. 하이위컴과 메이든헤드 사이의 여정이 가장 길다. 그렇기에 시작점으로 삼기에 최적이다.

기차 안 기차

아, 노선 지도를 손보니 이제 메이든헤드와 쿠컴 사이를 이동하는 데 필요한 거리와 정거장의 수를 알게 되었다. 주어진 지시 사항과 함께 이 정보를 이용하면 두 장소 사이를 이동하는 한 열차의 구성도 결정지을 수 있다.

식사 재료

내가 주의를 기울여야 하는 재료는 여덟 가지다. 하지만 각각 세 개와 다섯 개의 두 세트로 나뉘는 여덟 개 숫자가 있을 뿐이다. 이들 숫자가 말이 되려면 숫자를 다른 것으로 대체해야 할까?

홈스테드 저택

초상화 수수께끼

어머니가 열쇠다! 실로 영리한 말장난이다.

카드 게임

카드 전체 패가 펼쳐져 있는 것 같다. 아니, 뭔가 사라진 게 있을까?

도자기 접시와 침대보 무늬

어쩌면 도자기 접시와 침대보에 새겨진 문양이 얼마나 다른가의 문제가 아닐지도 모른다. 그렇다면 얼마나 같은가가 문제일까?

부엌 수수께끼

수납장 안에 들어가기에는 냄비와 팬과 조리 도구가 너무 많다. 그리고 저 이상한 표시는 무슨 의미일까?

저택 업무

아, 위층 시계는 틀린 시간에 맞추어져 있다. 아니면 잘못된 날인가? 여기 주어진 정보를 그 정보와 조합하면 어떻게 될까?

특이한 시계

날짜와 시간의 수가 함께 제시되어 있는 걸 이 저택 안에서 본 곳이 한 군데 더 있다. 이 정보를 더하면 무엇을, 아니면 언제를 내가 알 수 있을까?

홈스테드 저택 평면도

N.E.W.S.는 무엇을 줄인 말일까?

정신의 궁전

형형색색의 하늘

대체 옛날 사건에 나왔던 물건은 왜 언급되는 걸까? 그 물건이 일종의 암호가 아니라면 말이지. 이 말도 안 되는 소리를 푸는 방법이 있을텐데!

떠다니는 문자

여러 가지 색이 보이고, 문자가 색과 연결되어 있다. 색이 칠해진 물건에서 내가 알아낸 정보와 합치면 난 무엇을 알아낼 수 있을까? 최근에 본 단어일 것 같다.

쏟아지는 모자

모든 모자가 둘씩 짝을 이루는 것은 아니다.

매장 안 된 시체

사람들의 성을 보면 동일한 문자 여러 개가 반복되고 있다. 아마도 그건 각 이름을 구성하는 여섯 개 문자와 관련 있기 때문일까?

독특한 쥐 퍼즐

모자를 보자니 특정한 쥐를 보게 된다. 이 쥐에는 여섯 개 문자로 이끄는 세 개 속성이 있다. 하지만 말이 되지는 않는다. 이 문자는 의미 있는 이름이 되도록 재배열될 수 있을까?

수술실

어떤 가발일까?

카탈로그에 나오는 가발이 죄다 있는 것은 아니다.

부풀어 오른 시체

그림에 나온 시체는 많은 다양한 질병의 교과서적인 예로 보인다.

블록 타일 퍼즐

타일은 일종의 배수구 역할을 하는 것처럼 보인다. 이제 네모의 위치를 알고 있다. 그렇다면 어떤 액체가 저기에 쏟아진다면 무슨 일이 일어날까?

의료 기록 퍼즐

이 방 안에 있는 다른 무언가가 어떤 카드에 적혀 있는 것 같다.

수학적인 마취제

수학 계산이 끝나면 일련의 숫자를 알게 된다. 이 숫자를 보다 적절한 것으로 어떻게 변환할 수 있을까?

모든 것의 열쇠

나는 이전에 홈스가 자신의 체취를 걱정하는 걸 본 적이 없다.

교회

성인이 그려진 창과 성인상

아하! 드디어 이 둘이 무슨 관계가 있는지 알았다. 하지만 이 정보를 가지고 무엇을 해야 하지? 그렇다고 다음 방향을 완전히 모르는 것은 아니다.

오르간의 음계

교회 안 다른 곳에서 숫자와 문자의 조합을 보았다. 보통 숫자와 문자가 있을 거라 기대 안 하는 곳이다.

스테인드글라스

각 창에 그려진 인물은 이야기를 하나씩 한다.

아주 기묘한 성경
물론, 창에 그려져 있다.

회중석 퍼즐
아, 그리고 성인상들. 펼쳐져 있는 성경의 이야기는 말도 안 되는 내용이지만, 성인들이 그 안에 등장한다. 그것도 여러 번. 이러한 반복은 훌륭한 이야기를 쓸 때 꼭 필요한 것이 아니다. 이렇게 반복되는데 의미가 있지 않은 한 그렇다. 다음에 어떤 방향으로 가야 할지 궁금하다.

거짓말하는 사제
달력에는 왜 아무것도 적혀 있지 않을까?

수수께끼의 지하묘실
묘지 앞에 적힌 나이와 이니셜이 무엇보다 중요하다.

런던경찰국

유력 용의자 카드
내게 있는 모든 정보를 검토해야 한다. 그러면 용의자는 아마도 한 명만 남게 될 것이다.

압수 물품
목록에 적혀 있으나 그림으로 그려지지 않은 물품이 하나 있다. 이 물품이 반환된 물품이다.

런던 순찰
매커보이라는 운 없는 자를 누가 찾았는지 나는 안다. 언제 그리고 어디서 찾았는지 확정할 수 있을까?

현상수배된 자는?
이 위험한 작자가 이제 거리를 활보하지 못한다는 것을 알게 되어 기쁘다.

범죄 세부 내역
누구의 범죄 기록과 맞아떨어지는가?

코노트 로드 기물 파괴범
용의자의 일터에 대한 단서가 있는가?

5번 감방
물론 이 카드는 그리브스가 이 감방에 수감 되었음을 알려주고 있다. 하지만 그게 어떻게 홈스에게 도움되는 걸까?

감방

주사위 굴리기
왼쪽 하단에서 시작하는 게 도움될 것이다. – 는 단어의 끝을 나타내는 것 같다. 하지만 알아볼 수 있는 단어는 중간 즈음에서 끝나고 이후에는 무작위로 문자가 이어진다.

에로스
내게는 한 줄의 문자가 있다. 이들 문자를 톱니바퀴 알파벳에 통과해 옮겨야 하는 것 같다. 내가 인풋을 넣는 톱니를 시계 방향으로 돌리면 아웃풋이 나오는 톱니는 어느 쪽으로 돌까?

하비

감사하게도 거울 조각은 어떤 범죄 목적으로 쓰려는 것은 아닌 듯하다. 이는 단지 다음에 무엇을 해야 하는지 보여주는 상징일 뿐이다.

색이 칠해진 창살

아, 이것은 로마숫자다. 그리고 이들 숫자는 내게 이미 있는 정보와 매칭된다. 홈스가 맞는 것 같다. 그리고 나는 이 숫자를 분리해야 한다. 페인트칠 된 부분이 이에 도움이 될까?

생일 축하

그렇다. 자와 벽의 그려진 상징이 맞아떨어진다. 여기서는 이게 흥미롭다.

낙서가 있는 벽

파킨슨은 벽에 빨간 색으로 X를 써두었다. 여기서 시작을 해야 할 것 같다. 이제 나는 행동할 방향과 거리를 알고 있다.

서커스

젤다의 수수께끼

은 동전이 젤다에게로 가는 길을 이끌었다. 이 동전의 근원이 어디인지 더듬어보면 이 수수께끼에 답하는 데, 그리고 다음에 어디로 가야 할 지를 결정하는 데 도움이 될 것이다.

예언하는 심령술사

이들 카드는 어떤 면에서 상징적이지 않은가?

뒤죽박죽 상자

금속판을 맞추는 방법이 빤히 드러나 있지는 않다. 하지만 각 구석마다 기묘한 무늬가 새겨져 있다. 이들 선이 이어지게 맞추는 것부터 시작하면 알아볼 수 있는 모양이 드러날까?

인기 볼거리

하, 이것은 큐비츠 부부와 관련된 불행한 사건 중에 홈스가 풀었던 암호다. 이걸 설계한 사람이 누구인지 우리가 거쳐 온 다채로운 역사를 잘 아는 이임에 틀림없다.

공 던지기

공의 색깔! 포스터의 색은 공과 튜브 색과 정확하게 일치한다.

최후의 결전지로 가는 티켓

티켓에는 모두 숫자가 적혀 있다.

극장

의상 수수께끼

아, 맞다. 포스터를 로비에서 봤지!

여닫이 커튼

매듭을 동물과 이어보면 이것이 각각 하나의 문자와 관련되어 있음을 알게 된다.

힘든 시간

물론, 자에는 점자 알파벳이 새겨져 있다.

매달려 있는 소도구

추리로 알아낸 동물 그림 판 아래 표시를 맞추어보면, 이를테면 포개거나 빼거나 해 보면, 알아볼 수 있는 게 만들어지지 않을까? 어쨌든 이건 점자와는 관련이 없다.

최후의 탈출

격자 창살 문을 가로지르는 널은 내 머리를 그 틈으로 내밀기에는 좁다. 하지만 대신 무언가 다른 것을 그 틈으로 내밀 수는 있다.

보너스 퍼즐

그가 고향에서부터 먼 길을 온 것 같지는 않다.

해답

게임이 시작되다

우선, 전보의 순서에 주목했다. 시작 포인트가 있는 전보는 1과 2, 끝나는 포인트(S. H.)가 있는 전보는 4와 14였다. 전보를 찬찬히 읽어보다가 아미티지 사건에 대해 홈스가 남긴 힌트, '다른 날에 따로 할 이야기' 부분을 알아차렸다. 이는 아미티지와 연관된 전보는 무시해도 된다는 뜻이다. 그러면 전보 1, 5, 14만 남는다.

홈스의 지시를 따라 마지막 문장에 숫자를 넣었다. "들어가려면 입구의 열일곱 계단 중 아래에서부터 위쪽으로 첫 번째 계단, 다섯 번째 계단, 열네 번째 계단을 놓을 것."

나는 계단 문양을 스케치한 노트를 펼쳐 서재에 들어갈 수 있는 세 자리 숫자 암호 415를 확인했다.

베이커 스트리트 221B

체리턴 사건

협박 편지의 필체는 일정표에 적힌 필체와 똑같다. 체리턴 부인이 이 둘을 다 쓴 것이 분명했고, 체리턴 부부가 바로 범인이었다.

카르페 디엠

'오늘을 즐겨라'라는 라틴어 격언을 보자 아까 본 적이 있는 기묘한 달력이 떠올랐다. 해당 날짜에 동그라미가 쳐져 있었다. 이것을 파악하니, 내가 제대로 추리하고 있다는 것을 알 수 있었다.

화학 실험

첫 단계는 방 안에서 내 눈에 먼저 들어온 '첫 번째 단서'로 돌아가는 일이었다. 즉, 들어오면서 본 화학 실험 장치를 다시 봐야 했다. 나는 화학물질을 방 여기저기에 흩어져 있는 쪽지에 적힌 색과 맞추었다. 그리고 나서 홈스의 지시대로 주어진 문자에서 알파벳 속의 자리를 더하거나 뺐다. 그랬더니 다음과 같은 결과가 나왔다.

검정 = 요오드(Iodine) = I - 8 = A

빨강 = 인(Phosphorus) = P + 2 = R

노랑 = 산화철(Iron Oxide) = X + 5 + 10 = M

초록 = 염화 구리(Copper Chloride) = C - 8 - 6 = O

파랑 = 황산 구리(Copper Sulphate) = S + 2 + 5 = Z

실버 = 수은(Mercury) = M − 8 + 15 = T

이는 모차르트(MOZART)의 철자 순서를 바꾼 문자다.

악보

모차르트라는 단어를 방의 다른 곳에서 본 적이 있다. 그래서 나는 홈스가 남겨둔 세 악보의 주석 메모로 주의를 돌렸다. 나는 즉시 이 숫자가 화학 실험이 그랬던 것과 똑같은 방식으로 암호 역할을 한다는 것을 이해할 수 있었다. 따라서 모차르트 악보의 첫 번째 음표 위에 +11이라고 써 있으니, 첫 번째 음표 E는 알파벳 순서에 따라 E에서부터 11번째 자리에 있는 P로 바꿔 적어야 했다. 다행히 홈스는 반음 높은 음(#)은 5를 더하라고 다른 메모에 적어두었다.

얼마 후 나는 암호를 모두 풀었고, 이들 단어가 홈스가 해결한 사건 중 몇몇에 등장하는 이름이라는 것을 알고는 흥분이 고조되었다. 여기저기 흩어져 있던 단서가 이제 맞아떨어지기 시작했다. 단어들은 다음과 같았다.

"페인터, 해리스, 플레처, 옴스타인, 페인터, 그리고 해딜리."

그건 그렇고, 다른 두 악보는 번역을 해도 크게 와닿는 부분이 없었다.

그들 악보를 읽어보면 다음과 같았다.

"왓슨, 화학 실험도 확인해봐야겠다는 생각은 안 드는가?"와 "왓슨, 이 퍼즐을 푸느라 너무 지체하고 있네. 이제 서둘러야 하네."

레코드판의 긁힌 자국

홈스의 편지에서는 악보를 살핀 후 레코드판에 주의를 기울이라고 분명히 말하고 있었다. 레코드판에 홈스가 새긴 자국이 모르스 부호라는 것을 알자 풀이는 비교적 간단

했다. 더 많은 사건 이름이 드러나자 내가 제대로 하고 있다는 확신이 들었다. 사건은 다음과 같다. 체리턴, 바스커빌, 리건, 핸스퍼드, 리건, 펠처, 모턴.

상점 사진

사진을 좀 더 찬찬히 살펴보다가 나는 상점 소유주의 이름과 우리 사건 파일명이 정확하게 맞아떨어지는 것을 알아차렸다. 그리고 사진 중 다섯 장에 의도적으로 숫자를 써넣은 것도 알게 되었다. 이 숫자가 이름이 등장하는 순서이고 다음과 같다.

1 – 본드(Bond)
2 – 오라일리(O'Riley)
3 – 미첼(Mitchell)
4 – 루이스(Lewis)
5 – 해머(Hamer)

사건 파일

퍼즐의 마지막 조각: 방 안에 있는 다른 모든 것은 결국 홈스와 내가 이전에 해결했던 사건 파일을 다시 보게 만들었다. 나는 처음에는 손을 놓고 맥없이 파일을 보기만 했다. 하지만 홈스가 내게 무엇을 말하려는 걸까 생각하다 보니 남겨진 파일 이름에 순서가 있다는 것을 알게 되었다. 답의 패턴을 물리적으로 따라가보자 계단에서 찾은 숫자가 그랬던 것처럼 얼핏 숫자가 모습을 드러냈다.

악보는 숫자 9, 레코드판의 모르스 부호는 숫자 3, 사진은 숫자 2가 그려지니, 9-3-2가 나온다. 하지만 이 세 숫자의 중요성은 아직

오리무중이었다. 그가 남긴 마지막 단서는 홈스가 내게 쓴 편지를 다시 읽고서야 알 수 있었다. "꼭 이 순서로 날짜가 매겨진 것은 아니야." 문맥에 안 맞는 이상한 문구였다. 이 구절은 그가 날짜가 매겨진 단어를 가리켜야만 말이 될 터였다.

내 무지함에 고개를 저으며 나는 사건 파일로 다시 돌아갔다. 이 세 숫자가 모두 담긴 날짜가 매겨진 파일이 하나 있었다. 루이스 3/92. 나는 얼른 파일을 움켜쥐었다.

쿠컴행 열차

짐 가방 1

첫 단서이자 가장 명백한 단서는 파리에서 베를린으로 간다는 오언의 가방이었다. 영국 철도 공사는 물론 일등급이었지만, 국내선 열차는 파리나 베를린에는 가지 못한다는 것을 알고 있었다. 이것을 곰곰 생각하다 보니

각 이름의 첫 문자를 다른 방식으로 배열하면 WATSON이라는 철자가 된다는 것이 눈에 들어왔다. 이런 세부 사항에 대한 치밀함이 바로 홈스가 내게 기대하는 수준이었다. 우연히 내 이름 철자가 된다고 하기에는 우연의 일치가 너무 많아야 가능하지 않은가.

잠긴 가방

내가 들고 있던 가방이다! 홈스는 모든 우발적 요소를 고려하지 않은 채 성급하게 가정하지 말라고 반복해서 알려주지 않았던가.

짐 가방 2

시작점으로 삼아야 하는 곳은 홈스가 편지 속에 만들어놓은 짐 가방 수수께끼였다. 홈스가 나를 돕는다고 제공한 정보를 열심히 풀어내자 다음과 같은 조합만 가능했다.

이름	노선	거리	여행 가방 색깔	여행 가방 크기 (1-6)
애비(Abbey)	하이위컴 - 라우드워터	0.5 마일	파랑	4
니컬슨(Nicholson)	말로 - 본엔드	2 마일	빨강	2
오언(Owen)	파리 - 베를린	545 마일	하양	3
스미스(Smith)	하이위컴 - 메이든헤드	7 마일	초록	1
트레버(Trevor)	쿠컴 - 라우드워터	4 마일	검정	5
윌리스(Trevor)	하이위컴 - 말로	6 마일	갈색	6

해답

지워진 노선도

홈스가 남겨둔 이상한 자를 사용해서 나는 재빨리 빠진 역 이름을 노선도의 알맞은 위치에 넣을 수 있었다. 그러자 다음의 노선을 얻을 수 있었다.

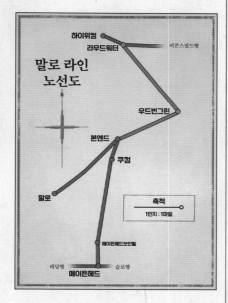

지금으로서는 이걸 아는 게 왜 중요한지 알 수 없었다. 하지만 홈스가 내게 남긴 수수께끼에는 논리가 있다고 믿어야 했다. 그래서 계속 다음으로 넘어갔다.

기차 안 기차

내 칸으로 돌아가 다음 단계를 고민하기 시작했다. 내 노트를 뒤적거리다 눈길이 "메이든헤드발 쿠컴행 = ?"이라는 단어에 꽂혔다. 그럼 그렇지! 이제 나는 메이든헤드에서

쿠컴까지가 2.5마일 여정이라는 것을 알고 있었고, 메이든헤드보인힐역과 쿠컴역까지 두 개 역만 가면 되는 거리였다.

기차 세트와 함께 주어진 이상한 규칙에 따라, 저 여정에 사용되는 기차의 구성은 이렇다.

객차 5량
식당차 1량
수하물차 1량
화물차 2량

따라서 여기에 탑승하는 직원 구성은 다음과 같다.

검표원 5명
웨이터 1명
기차 경비 1명
화물 운반 인부 4명
요리사 1명
기관사 2명

자, 그럼 이 정보를 가지고 어떻게 해야 할까?

식사 재료

객차 안에서 직원 구성이 언급된 다른 곳은 식사와 관련된 이상하기 짝이 없는 공지문이었다. 다시 그 공지문으로 돌아가서 나는 다시 그것을 각각 분석했다. 방금 알아낸 정보로 무장을 했기 때문에 메인드헤드발 쿠컴행 열차에는 다음과 같은 식사가 제공된다는 것을 알 수 있었다.

검표원 5명 = 햄버거 5, 퍼지 디저트 5

웨이터 1명 = 포크 립 1

기차 경비 1명 = 치킨 파이 1

화물 운반 인부 4명 = 비프파이 4, 마더스 쿠키 4

요리사 1명 = 햄버거 1, 마더스 쿠키 1

기관사 2명 = 굴라시 2, 마더스 쿠키 2

지나치리 만큼 자세한 메뉴와 교차검증을 하면서 식사에 들어가는 재료의 양을 다음과 같이 계산해낼 수 있었다.

베이킹 파우더 7, 소고기 12, 버터 14, 닭고기 1, 초콜릿 12, 옥수수 5, 밀가루 9, 마늘 2, 피망 7, 우유 5, 귀리 7, 양파 14, 파프리카 7, 돼지고기 1, 소금 26, 설탕 14, 토마토 6, 식초 7, 물 14

경영진에서 내려온 메시지에서 새뮤얼 하딩턴은 구체적으로 8개 재료에 대해 문의하고 있었다. 그래서 나는 이 재료가 배열된 특정한 방식에 주목했다.

양파, 토마토, 우유

소고기, 피망, 소금, 버터, 초콜릿

이 재료의 양은 각각

20, 8, 5

13, 15, 21, 14, 20

퍼즐의 마지막 조각을 찾는 데 몇 분이 걸렸다는 점을 고백하지 않을 수 없다. 숫자가 암호였다. 숫자가 나타내는 알파벳 문자로 바꿔 쓰면 되는 간단한 글자–숫자 암호 방식

이라서 a=1이고 z=26인지라, 그렇게 치환하자 이 두 단어가 나왔다.

더 마운트(THE MOUNT)

홈스테드 저택

초상화 수수께끼

나는 기억을 되살리기 위해 급히 아래층으로 내려갔다. 하지만 내가 옳았다. 토머스 해리스의 증손자는 존이고, 존의 어머니는 에밀리 와트였다. 와트의 아들(Watt's son)이 그런 식으로 강조된 데에는 우연의 일치가 지나치게 많았다. 나는 불청객이라는 마음은 내려놓고 좀 더 편하게 이 집을 살펴보아도 될 것 같다.

카드 게임

진열된 카드의 수를 세어보다가 나는 테이블에 51장 밖에 없다는 것을 알아차렸다. 내 앞에 놓인 카드를 힘들여 살펴보니 하트 7이 빠져 있었다. 그러고 보니 방 안에서 '행방불명'이라는 단어를 보았는데…… 그렇다! 미술작품이었다! 하트는 E 옆에 있었다.

도자기 접시와 침대보 무늬

도자기 접시 문양을 공들여 침대보에 꿰매어 놓은 것이 분명했다. 푸른 버드나무 문양은 확실히 눈에 띄었다. 하지만 크리스마스 호랑가시나무 문양, 비잔틴 문양, 브이 문양과 식물 문양도 모두 침대보에도 있었다. 위

층 침대보를 아래층에 가져와 도자기 접시 옆에 걸어놓고 보고서야 답을 알아냈다고 고백해야겠다.

도자기 접시와 침대보는 30개 중에 16개가 동일한 문양이었다. 예를 들어, 첫 번째 열 두번째 줄에는 양쪽에 다 눈에 띄는 비잔틴 문양이 있었다. 동일하지 않은 접시를 장식 장에서 치우자 하나의 문자와 하나의 숫자,

S3이 보였다. 이 저택의 비밀을 더 많이 발 견할수록 그 의미가 분명해지기를 바랄 뿐 이다.

부엌 수수께끼

나는 다양한 조리 도구를 있어야 할 곳에 놓기 시작했다. (그림과 같이 놓았다. 물론 다른 방식도 있다는 걸 안다.) 그랬더니 팬 하나가 남았다. 이렇게 애를 쓴 후에야 나는 이 과제를 훨씬 더 빨리 해결할 수도 있었다는 걸 알아차렸다. 이 문제의 팬은 칸을 홀수 개만큼 차지하는 유일한 물건이었고, 남다른 이것 하나만 빼면 되는 일이었다.

진작 보지 못했다고 투덜거리면서 나는 앞서 주머니에 넣어두었던 자를 꺼내 들어서 팬에 그려진 선을 재 보았다. 그랬더니 자에 S1이라고 표시된 길이에 딱 맞았다.

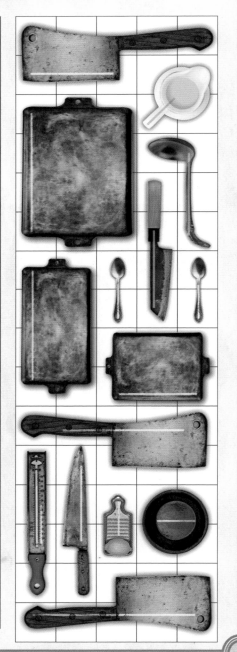

저택 업무

"저택 주인"은 "모든 직원의 하루당 노동 시간 총합"에만 관심이 있었다. 그렇다면 나역시 그래야 할 듯싶다.

정원 관리가 시작하기 가장 편한 지점이었다. 정원 관리는 존이 저택에 있는 날 일주일에 한 번만 하면 되었다. 금요일에 4시간 동안. 집 안 청소도 일주일에 한 번이기에 그는 그날 집 안 청소도 해야 한다. (매리가 동시에 근무하는 유일한 날인) 그날 가장 노련한 요리사인 존은 요리도 해야 했다. 그날 근무 시간이 가장 길 뿐 아니라 설거지 또한 해야 한다. 이 불쌍한 친구는 그날 총 9시간을 일했다. 매리도 금요일에 저택에서 근무하지만 이상하게도 할 일이 하나도 주어지지 않는다. 추정컨대 매리는 편히 앉아서 존이 힘들게 일하는 것을 그냥 보기만 하는 것 같았다.

매리가 근무하는 또 다른 요일은 월요일이다. 이날 매리는 집 청소를 대부분 해야 한다. 레너드도 월요일에 근무하지만 매리보다 요리를 잘하기 때문에 요리와 설거지를 그날 둘 다 해야 한다.

놀라울 정도로 실제 하는 일이 적어보이는 매리는 일요일에도 근무를 한다. 일요일은 빨래를 하는 날에 속한다. 셜리 또한 안식일에 집안일을 할 수 있다. 따라서 매리는 그날 요리를 하지만 셜리는 빨래를 하고 매리는 설거지를 하면서 그날 업무를 마무리한다. 목요일은 애나가 혼자서 하루 종일 모든 일을 하는 특이한 날이다. 애나는 요리와 설거지와 청소를 그날 하루 동안 도맡는 게 분명하다.

레너드와 애나는 토요일에 근무한다. 그날하는 집안일은 요리와 설거지뿐이라 애나에게 주방을 맡겨두고 레너드는 곧장 집으로 가는 게 나을 것 같다. 애나는 셜리와 함께 화요일에도 근무하는데, 목요일에 저택 청소를 하기 때문에 애나가 요리를 하는 동안 셜리가 그날 청소와 설거지를 둘 다 맡는다. 하루 남은 요일은 수요일이다. 이 날에는 레너드와 셜리가 근무한다. 레너드가 요리를 하기 때문에 셜리는 빨래를 해야 한다. 하지만 소거법을 따르면 레너드가 청소를 해야하는 차례라서 레너드가 설거지도 해야 함을 의미한다.

각 요일별 근무 시간은 다음과 같다.

월요일: 4.5시간

화요일: 6시간

수요일: 8시간

목요일: 5시간

금요일: 9시간

토요일: 2.5시간

일요일: 4시간

특이한 시계

시계에서 확인할 수 있는 시간과 날짜를 집안에서 본 다른 정보, 그러니까 저택 업무에 나온 시간과 날짜와 합해서 봐야 한다는 것을 감으로 알았다. 수요일에 저택에서 벌어지는 노동은 8시간이었다. 시침이 8까지

돌면 10시 정각에 딱 떨어지기 때문에, 그때 나오는 문자와 숫자는 (로마 숫자이지만) W10이다.

홈스테드 저택 평면도

집 안의 모든 퍼즐을 다 풀고 나니 4개 단서가 생겼다. E7, S3, S1 그리고 W10. 이게 방위라는 것을 이내 알아차렸다. 동쪽 7, 남쪽 3, 남쪽 1, 그리고 서쪽 10. 이는 지도와 연관이 있는 게 분명했다. 지도로 돌아가니 '시작'이라는 단어가 보였다. 즉 이 단어는 내가 지도를 찾았을 때의 출발점이 아니라 내 동선을 어디서 시작해야 하는지 알려주는 시작점이었던 것이다.

지시대로 따라가니 사각형 안에 '홈스'라고 쓰여 있는 곳에 다다르게 되었다.

정신의 궁전

형형색색의 하늘

나는 홈스가 준 단서부터 시작했다. 홈스는 이렇게 말했다. "고양이, 삽, 칼, 파이프, 하트, 우산." 이들은 굉장히 구체적인 대상이고 분명히 어떤 순서가 있다. 더구나 이들이 형형색색의 하늘에 등장하기 전에 나는 이들을 본 적이 있다. 각 물건이 독자적인 색조가 있기 때문에 여러 색이 중요한 것 같다. 순서를 고려해서 이 대상을 풀어보면 다음과 같다.

빨강. 청록. 검정. 분홍. 실버. 파랑.

떠다니는 문자

여기까지 오는 이상한 여정 동안 다양한 색상 속에 있는 문자가 스쳐 지나가는 것을 보았다. 그 색상도 홈스가 말한 대상과 정확하게 맞아떨어졌다. 이는 다음과 같다.

골드 = P

청록 = T

실버 = R

파랑 = Y

오렌지 = O

크림 = E

빨강 = S

분홍 = A

노랑 = C

보라 = H

검정 = M

이들 문자를 방금 막 알아낸 색조합 순서에 넣어보면 다음이 나온다.

STMARY

세인트 메리. 내 생각은 앞서 보았던 런던 지도로 돌아갔다. 랜드마크 중 하나가 세인트 메리 병원이었다. 이곳이 우리에게 필요한 장소임에 틀림없었다!

쏟아지는 모자

모자가 떨어지며 여러 개 복제품으로 변하면서 하나의 문양이 드러나는 것을 알아차렸다. 모든 모자가 똑같은 것은 아니었다. 대신 모자마다 똑같은 짝이 하나씩 있었는데 오직 두 개의 모자만 이 정렬에서 예외였다.

매장 안 된 시체

이제 가야 할 장소를 알았으므로 나는 누군지 알아내야 하는 사람에게로 주의를 돌렸다. 이상한 문양의 시체가 여기에서는 열쇠일 수 있다는 느낌이 강하게 들었다.

내가 이들에 대해 아는 모든 것을 적었다. 그랬더니 다음과 같은 특징의 목록이 완성되었다.

아주 작음, 체크무늬, 크림색, E. 퍼본(E. FERBON)

아주 작음, 점무늬, 크림색, I. 벨퍼(I. BELFER)

작음, 지그재그 무늬, 갈색, C. 스트리크(C. STREEK)

작음, 체크 무늬, 녹색, S 보너(S. BONNER)

중간 크기, 구불구불한 무늬, 크림색, F. 파서 (F. FASCER)

중간 크기, 지그재그 무늬, 회색, T. 블랙(T. BLACKE)

중간 크기, 민무늬, 녹색, R. 비컨(R. BEACON)

큼, 체크무늬, 파랑, D. 도튼(D. DOTAIN)

큼, 민무늬, 파랑. O. 토디 (O. TOADIE)

거대, 구불구불한 무늬, 크림색, O. 포스터 (O. FOSTER)

거대, 점무늬, 파랑, B. 토일드(B. TOILED)

M. 프랭코(M. FRANKO)

B. 볼턴(B. BOLTON)

T. 발록(T. BALOCK)

P. 라플(P. LAPPEL)

F. 루퍼(F. ROOFER)

S. 도티어(S. DOTTEO)

성(性)에 뭔가 특이한 점이 있다고 본능이 내게 일깨워주었다. 한 가지만 보자면 모든 이름이 여섯 개 문자로 이루어졌고, 똑같은 문자가 반복되고 있었다. 셜록 홈스에 버금갈 정도의 정신적인 명민함을 발휘해서 나는 각각이 두 문자를 나타낸다는 것을 알 수 있었다. 이 세 가지 특징이 합쳐져서 각 이름을 구성하고 있었다. 해석한 결과는 다음과 같다.

체크무늬 = NO

민무늬 = EO

점무늬 = EL

구불구불한 무늬 = FS

지그재그 = EK

파랑 = DI

갈색 = ST

크림 = ER

녹색 = BN

회색 = BL

아주 작음 = BF
작음 = ER
중간 크기 = AC
큼 = AT
거대 = OT

독특한 쥐 퍼즐

쥐 격자 퍼즐에 대해 내가 알고 있는 규칙을
고려해서 나는 다음과 같이 빈 칸을 온갖 종
류의 색과 크기의 쥐로 채울 수 있었다.
앞서 내가 주목했던 모자들이 격자 바깥 부
분에 배열되어 있었다. 나는 두 개의 짝 없는

모자가 가장 중요한 의미가 있을 거라 생각했다. 이 모자들은 3줄, 2열에 놓여 있었다. 이 위치의 쥐는 거대한 체크무늬에 회색이었다.

내가 알아낸 것과 이와 연관된 문자를 합쳐 이 쥐의 의미를 풀어보니 다음과 같았다.

OTNOBL

이런, 이 문자는 말이 되지 않았다. 하지만 나는 얼마 지나지 않아 돌파구를 찾았다. 시체에 붙어 있지 않은 이름 중 하나가 내게 있는 문자 조합과 정확히 맞아떨어졌기 때문이었다.

BOLTON. 그러니까, B. 볼턴(Bolton)이 우리가 찾는 사람이었다.

수술실

어떤 가발일까?

이 기묘한 작은 방에서 가장 안 어울리는 물건으로 보여서 가발부터 살펴보기 시작했다. 카탈로그에 적힌 내역보다 가발 하나가 적은 것이 금세 분명해졌다. 이건 중요한 게 분명하다. 재빨리 나는 진열된 가발과 그 묘사 내역을 맞추어 보았다. 그랬더니 과연 하나만 빼고는 다 맞아 떨어졌다.

X9 – 긴 빨강 직모

부풀어 오른 시체

시체의 여러 부위를 그린 그림 조각을 맞춰

보니 다소 그로테스크한 이미지가 나왔다. 다행히 의사로 일하면서 본 시체 중 최악이라고는 할 수 없었다.

처음에는 알아보지 못했지만 이 시체에는 다수의 질병을 앓은 흔적이 있었다. 과학을 공부한 사람으로서 이건 좀 걱정이 되었다. 그때, 내가 들어본 적도 없는 병명이 적힌 의료 기록의 증상과 시체의 상태가 딱 한 가지 병만 제외하고 정확히 일치한다는 것을 알아차렸다. 칼렌그로이트라는 병의 증상은 없었다. 이 병에는 Y1이라는 라벨이 붙어 있었다.

블록 타일 퍼즐

이제 내게는 X9과 Y1이라는 두 개의 격자판 좌표가 있었다. 이 좌표는 내가 앞서 보았던 타일 주변의 숫자와 문자를 가리키는 게 분명했다. 나는 타일이 있는 부분, 그러니까

격자판의 나머지 부분을 살펴보다가 당황해서 멈춰선 채 앞으로 나갈 길을 가늠하고 있었다. 그때였다. 머리 위 파이프가 떠오른 것은. 무언가 여기로 떨어지도록 설계되어 있었고, 막힌 부분은 그것이 격자판 전체로 퍼지는 것을 막는 역할을 했다. 상상력을 발휘해야 했지만 이것은 액체가 퍼져서 만들어진 자국이었다.

숫자와 숫자를 잇는 선을 무시하니 확실히

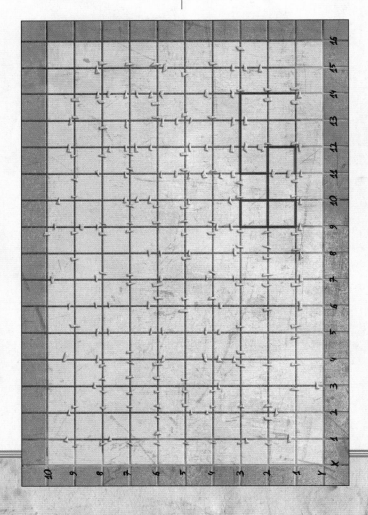

세 자리 수, 857이 남았다.

의료 기록 퍼즐

857이라……. 그건 진료기록 상의 ID 숫자 중 하나였다! 나는 파일함으로 서둘러 돌아가서 그 진료 카드를 의기양양하게 꺼냈다. 그 카드는 R. 부처(Butcher)의 것이었다.

수학적인 마취제

마취제 포스터는 복잡했다. 하지만 R. 부처의 체중을 알고 있기 때문에 그와 관련된 숫자를 찾을 수 있었다. 계산을 좀 한 뒤 나는 정확한 양이 에테르 10단위, 코카인 15단위, 이산화질소 19단위, 초산 암모니아 248단위, 물 24단위라고 결론 내렸다.

마취제 포스터는 이 정보에서 숫자를 찾으라고 요구하고 있었다. 이 지시를 따라보니 다음과 같은 숫자가 나왔다. 19 20 10 15 8 14 19.

퍼즐의 마지막 조각은 포스터 속의 "A1 학생"이라는 암호 같은 용어를 보자 알 수 있었다. 이는 A=1, B=2와 같이 단순하게 글자와 숫자를 변환해서 숫자를 바꾸라는 의미였다. 이렇게 풀자 STJOHNS라는 답이 나왔다.

세인트 존, 이는 셜록의 정신의 궁전에서 보았던 런던 지도 속 교회 이름이었다.

모든 것의 열쇠

당시에는 이상하다고 생각했지만, 홈스는 워낙 평범하지 않은 사람이라서 그저 또 독특한 행동이라고 생각하고 넘겨버렸다. 하지만 그는 접수계 책상에서 민트를 가져온 것이 아니라 우리 탈출에 필요한 열쇠를 손에 넣은 것이었다.

교회

성인이 그려진 창과 성인상

스테인드글라스의 성인은 각자 손에 무언가를 들고 있다. 이들과 관련된 일종의 모티브인 걸로 추정된다.

사과 – 성 알바누스
책 – 성 베노
깃털 – 성 펠릭스
검 – 성 시리키우스

성인상 역시 동일한 물건을 들고 있어서 누가 누구인지 알 수 있었다. 그래서 나는 각 성인과 연관된 방향도 알아냈다.

성 알바누스는 왼쪽을 보고 있다.
성 베노는 아래쪽을 보고 있다.
성 펠릭스는 오른쪽을 보고 있다.
성 시리키우스는 위쪽을 보고 있다.

오르간의 음계

홈스가 도와준다며 지적했듯이 색칠이 되어 있는 오르간 건반은 중요한 게 분명하다. 비록 당장에는 어떻게 중요한지 알 수가 없었다. 건반의 문자와 숫자를 내려다보다 나는 다음을 알아냈다.

파랑 – C3
녹색 – B5
빨강 – C6
노랑 – G6

스테인드글라스

나는 살면서 꽤 여러 교회에 가보았으며, 스테인드글라스를 바라보면 늘 경외심이 일었다. 스테인드글라스의 아름다움은 여러 가지 색이 빚어내는 영광에서 찾을 수 있다. 하지만 이 스테인드글라스는 창마다 한 가지 색조를 띠고 있었고 나름 인상적이었다. 내가 적은 메모를 보자, 이 색을 어디에서 보았는지 적어둔 게 새삼 잘한 일인 것 같았다. 이 네 가지 색은 오르간 건반색과 동일했다. 이 역시 우연의 일치가 아니라고 확신했지만, 최종적인 의미는 아직 알아내지 못했다.

아주 기묘한 성경

나는 성경의 나머지 부분을 빠르게 훑어보았지만 굉장히 기묘하게 북마크가 된 페이지들을 빼고는 이상해 보이는 부분이 없었다. 북마크 부분도 비전문가 눈이라 그렇게 보이는 것일 수도 있었다. 담긴 이야기들은 너무 이상해서 도대체 어떤 의미인지 가늠할 수가 없었다. 좌절감이 들어 눈길을 허공으로 옮기다가 다시 한 번 한 가지 색조로 된 스테인드글라스를 보았다. 여리고의 사마리아인, 양치기, 음악가, 늑대와 독수리, 이들 이야기 속 등장인물이 다 거기에 있었다!

갑자기 내게 새로운 목적이 생겼다. 각 색깔은 다음과 같이 하나의 이야기, 하나의 문자, 하나의 숫자와 관련이 되어 있었다.
"여리고의 사마리아인" – 파랑 – C3
"양치기" – 빨강 – C6
"음악가" – 노랑 – G6
"늑대와 독수리" – 녹색 – B5

회중석 퍼즐

음악 관련 표기법을 보니 무언가 떠올랐다. 잠시 후 나는 답을 찾았다. 회중석이었다! 회중석에 같은 숫자와 문자가 마치 격자무늬 참고 정보인 것처럼 적혀 있었다. 스케치해 놓은 그림으로 돌아가 나는 뭔가 밝혀지기를 바라며 격자무늬 점을 표시했다. 이런, 실망스러웠다. 놓치고 있는 게 있는 듯했다.
나는 가장 가까운 회중석에 앉았다. 내 눈앞에 성인상이 있어서 바라보게 되었다. 물론 나는 각 성인과 방향을 알고 있었다. 이야기는 대부분 말이 안 되지만 성인이 모두 그 속에 등장하고 있었다. 성인이 등장할 때마다 이들의 방향을 따라가야 하는 걸까?
예를 들면, "여리고의 사마리아인'에서 성인은 다음 순서로 등장한다. 알바누스, 알바누스, 시리키우스, 시리키우스, 펠릭스, 펠릭스, 베노, 베노, 베노, 베노. 이를 방위로 옮기면, 왼쪽, 왼쪽, 위쪽, 위쪽, 오른쪽, 오른쪽, 아래, 아래, 아래, 아래.
나는 재빨리 스케치를 시작했다.
답이 나왔다. 913. (이미지는 214쪽에)

거짓말하는 사제

달력을 보면 오늘 아침 일정은 아무것도 없다. 이 말은 장례식이 한 건도 없었다는 뜻이다. 더구나 새로 매장을 했을 법한 길 주변 지역은 잘 관리가 되어 있었다. 오로지 묘지 깊숙이 들어가야만 진흙을 많이 볼 수 있다.

수수께끼의 지하묘실

지하묘실에 쓰여 있는 숫자를 쉽게 문자로 옮길 수 있기를 바랐다. 하지만 불행히도 얼마 전 내가 발견한 단순한 A=1 공식을 써서는 LBSVXZ라는 결과밖에 나오지 않았다. 이는 분명히 단어가 아니었다.

나는 당황해서 어디를 또 봐야 할지 고민하다 홈스가 이 묘지에 대해 한 말이 떠올랐다. 무덤이 정확히 26개 있었는데 알파벳 문자도 26개이지 않은가. 이건 우연의 일치일 리 없었다. 묘지를 더 살펴보다가 나는 뭔가 특이한 점을 발견했다. 이 묘지 구역에 묻힌 사람 중 26세를 넘도록 산 사람이 아무도 없었던 것이다.

나는 묘지에 적힌 정보를 내 노트에 옮겨 적었다. 그러다 두 가지 정보를 더 알게 되었다. 26개의 이니셜과 26개의 각기 다른 나이가 있었다. 이 정보를 나이 순으로 재배열 해보니 다음을 알게 되었다.

나는 지하묘실의 숫자를 이름의 이니셜로 바꾸어 보기로 했다. 그랬더니 MCAVOY라는 이름이 나왔다. J. 매커보이(MCA-VOY)는 정말로 바로 여기 지하묘실 옆에 묻혀 있었다. 이 사람이 우리가 찾던 사람인 게 분명했다.

1	K. 오크넬(K. Ocknell)	1821-1822
2	C. 그로브(C. Grove)	1891-1893
3	D. 애비(D. Abbey)	1842-1845
4	U. 새비지(U. Savage)	1850-1854
5	S. 라이츠(S. Lights)	1849-1854
6	Q. 주페스트(Q. Jupest)	1854-1860
7	F. 햄프턴(F. Hampton)	1887-1894
8	B. 해리슨(B. Harrison)	1834-1842
9	E. 프로드셤(E. Frodsham)	1831-1840
10	H. 베넷(H. Bennett)	1882-1892
11	G. 라이드아웃(G. Rideout)	1836-1847
12	M. 폴리(M. Fawley)	1839-1851
13	P. 고단(P. Gordan)	1828-1841
14	L. 파머(L. Palmer)	1841-1855
15	N. 피식(N. Physick)	1851-1866
16	Z. 에서린(Z. Eserin)	1878-1894
17	R. 사임스(R. Simes)	1833-1850
18	T. 그린(T. Green)	1825-1843
19	O. 버틀러(O. Butler)	1847-1866
20	X. 루벤스(X. Rubens)	1871-1891
21	J. 매커보이(J. McAvoy)	1873-1894
22	A. 올리버(A. Oliver)	1837-1859
23	W. 해리스(W. Harris)	1856-1879
24	V. 오스만(V. Osman)	1844-1868
25	I. 스파크스(I. Sparks)	1869-1894
26	Y. 샌더스(Y. Sanders)	1859-1885

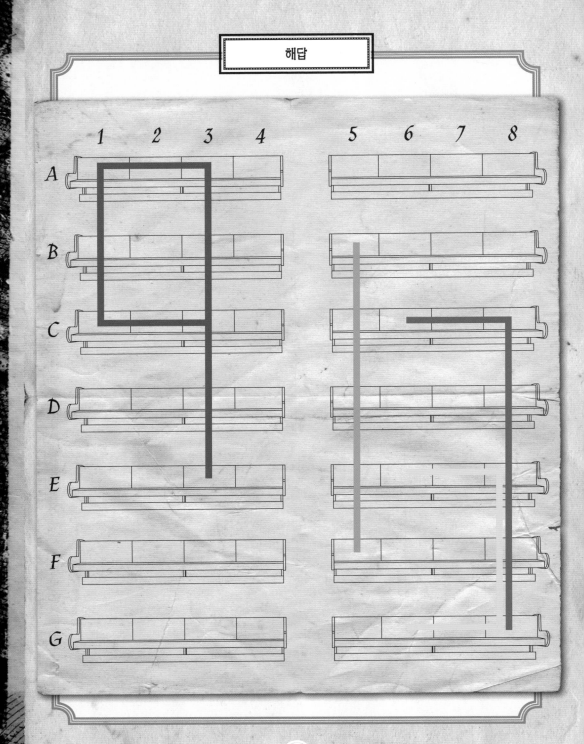

런던경찰국

유력 용의자 카드

파일함에서 내가 발견한 카드를 보면 경찰이 수사망을 여섯 명의 용의자로 좁혔다는 것을 알 수 있다. 지금으로서는 누가 주요 용의자인지 말할 수 없지만 카드에 적힌 정보가 이 중 다섯은 혐의가 없다는 것을 밝히는 데 도움이 될 것 같다는 느낌이 들었다.

압수 물품

12개 물품이 목록에 나와 있지만, 그림은 11개뿐이었다. 그림이 없는 물품이 경찰이 무죄인 당사자에게 돌려준 물품이다. 재빨리 살펴보니 담배가 그림에 없다.
유력 용의자 카드를 확인하다가 마크 존슨이 담배상점 주인인 것을 알게 되었다. 경찰은 존슨 씨가 이 살인과 무관하다는 것을 밝혀낸 모양이었다.

런던 순찰

빠르게 계산해서 경찰관의 정확한 순찰 시간을 아래와 같이 알아냈다.

P. 트릴비 PC 903 – 시작 시간 0700
0700 런던경찰국 조례 브리핑 40분
0740 화이트홀 순찰 15
0755 팔러먼트 스트리트 순찰 17
0812 브로드 생추어리 순찰 28
0840 빅토리아 스트리트 순찰 17
0857 팰리스 로드 순찰 9
0906 그로브너 가든스 순찰 8
0914 그로브너 플레이스 순찰 6

0920 하이드 파크 코너 순찰 10
0930 피커딜리 순찰 65
1035 버클리 스트리트 순찰 22
1057 버클리 스퀘어 순찰 8
1105 브루턴 스트리트 순찰 8
1113 버클리 스퀘어 순찰 13
1126 마운트 스트리트 순찰 24
1150 파크 레인 순찰 20
1210 하이드 파크 코너 순찰 20
1230 팰리스 가든스 35
1305 버드 케이지 워크 순찰 28
1333 그레이트 조지 스트리트 순찰 46
1419 팔러먼트 스트리트 순찰 41
1500 런던경찰국 종례 브리핑

C. 마틴 PC 495 – 시작 시간 0600
0600 런던경찰국 조례 브리핑 38분
0638 화이트홀 순찰 35
0713 팔러먼트 스트리트 순찰 13
0726 브리지 스트리트 순찰 21
0747 웨스트민스터 브리지 횡단 18
0805 벨베델레 로드 순찰 25
0830 차링 크로스 브리지 횡단 20
0850 노섬벌랜드 애비뉴 순찰 10
0900 차링 크로스 순찰 17
0917 화이트홀 순찰 5
0922 세인트 제임스 파크 순찰 18
0940 버킹엄궁전 순찰 20
1000 그린 파크 순찰 28
1028 피커딜리 순찰 22
1050 올드 본드 스트리트 순찰 15
1105 브루턴 스트리트 순찰 10
1115 올드 본드 스트리트 순찰 15
1130 피커딜리 순찰 19
1149 그린 파크 순찰 41
1230 세인트 제임스 파크 순찰 90

해답

1400 런던경찰국 종례 브리핑

W. 코지 PC 720 – 시작 시간 0800
0800 런던경찰국 조례 브리핑 30분
0830 화이트홀 순찰 18
0848 세인트 제임스 파크 순찰 17
0905 버킹엄궁전 순찰 19
0924 컨스티튜션 힐 순찰 28
0952 그린 파크 순찰 26
1018 피커딜리 순찰 10
1028 올드 본드 스트리트 순찰 17
1045 브루턴 스트리트 순찰 5
1050 버클리 스퀘어 6
1056 힐 스트리트 순찰 8
1104 유니언 스트리트 순찰 25
1129 사우스 오들리 스트리트 순찰 43
1212 마운트 스트리트 순찰 63
1315 파크 레인 순찰 20
1335 하이드 파크 코너 순찰 7
1342 그로브너 플레이스 순찰 21
1403 그로브너 가든스 순찰 12
1415 빅토리아 스트리트 순찰 71
1526 브로드 생추어리 순찰 22
1548 팔러먼트 스트리트 순찰 12
1600 런던경찰국 종례 브리핑

브루턴 스트리트가 열쇠다. 마틴과 트릴비
는 둘 다 같은 시간 11시 5분에 그곳에 도착
했다. 그리고 코지는 10시 45분에서 10시
50분까지 그곳에 있다 떠났다. 따라서 살인
이 그곳에서 일어났거나 혹은 최소한 시체
가 그곳에 버려졌다면 그건 10시 50분에서
11시 5분 사이에 벌어진 일이다.
해리 프랫은 그 시간에 내셔널갤러리에서

근무 중이었다. 가까이에 있지만 자리를 비
웠으면 상관들이 알아차렸을 것이다. 그래
서 해리 프랫은 매커보이 살인과는 관련없
는 것이 분명하다.

현상수배된 자는?
런던 지도에 나이프가 저지른 범죄를 대입
해 보면서 나는 지시대로 X를 그렸다. 나이

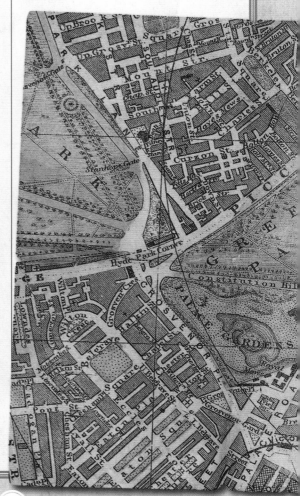

216

해답

프가 일한 장소가 분명해졌다. X의 선이 교차하는 지점에 위치한 기마 근위대(Horse Guards)였다.

따라서 나이프는 로이드 하디먼의 가명인 것이 분명하다. 그는 1894년 6월 16일에 체포되었고, 다행히도 감방 안에 잘 수감되어 있다. 그는 살인이 벌어진 6월 18일에는 감옥 안에 있던 것이 분명하다. 이 범죄는 그가 저지를 수가 없다.

범죄 세부 내역

상세 범죄 기록에는 다섯 가지 범죄가 기술되어 있다. 말 절도, 사기, 체포 불응, 살인 미수 및 기물 파괴. 재미슨 이트리는 과거에 이 중 네 개의 범죄를 저지른 전력이 있어서, 이 범죄 보고서는 그를 묘사하고 있는 것 같다. 그는 15일에 체포되었고 앞으로도 '한동안' 감옥에 수감되어 있을 것 같다. 이는 곧 그는 살인 현장에 있을 수 없었을 거라는 뜻

이다. 따라서 그는 최소한 이 살인 건에 대해서는 무죄다.

코노트 로드 기물 파괴범

남은 두 명의 용의자 중 한 명인 던컨 그리브스는 일하는 곳이 정해져 있다. 그는 기물 파괴 전과가 있는 상점 직원이다. 그렇다면 남은 유일한 용의자가 범죄를 저질렀다는 건데…….

홈스?

5번 감방

증거 자료실에 들어갔을 때 레스트레이드 경감은 그리브스를 감방에서 내보내기 위해 호출되어 자리를 비웠다. 거리 표지판을 파손한 것은 딱히 중대한 범죄도 아닌데다, 우리는 나머지 감방이 차 있다는 소리를 듣기도 했다.

우리가 그리브스가 수감되었던 방에 갇힐 거라는 것을 홈스는 분명히 알고 있었다.

감방

주사위 굴리기

왼쪽 하단에서부터 시작해서 위쪽으로 먼저 굴린다. 나는 다음과 같은 순서를 따랐다. 격자판 철자는 다음과 같다.

Start–Eros–Harvey–Bars–Candles–X:
KDDKDDDKDDDKFFDDKKDDF
DDDKDDKD

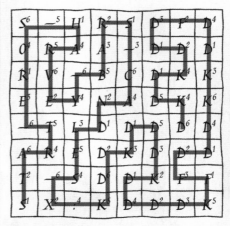

에로스

나는 문자열을 들고 톱니바퀴로 가서 크랭크를 (다소 힘들게) 돌려 IN 화살표가 처음에는 K에 오게, 그 다음에는 D에, 그 다음에는 F에 오게 했다. 커다란 아웃풋 톱니바퀴도 돌기 시작했고, OUT 화살표는 V를 가리키더니 다음에 I, 그 다음에는 X를 각각 가리켰다. 그래서 내게는 새로운 문자열이 생겼다.

VIIVIIIVIIIIVXXIIIVVIIXIIIVIIVI

하비

격자판의 다음 단서는 나를 거울 조각으로 이끌었다. 거울 조각 위에 적힌 이름 덕분이었다. 면밀히 살펴보다가 다른 자국은 없어서 잠시 당황했다. 그러다 문득 내가 너무 문자를 있는 그대로만 생각하고 있음을 깨달았다. 거울은 문자열을 가지고 무엇을 하라는 상징이 아니던가. 그래서 문자열을 거울

에 비추어 보았다. 그랬더니 다음 문자열이
나왔다.

IVIIVIIIXIIVVIIIXXVIIIIVIIIVIIV

색이 칠해진 창살

거울에 비추어 본 것이 맞는 길이라는 것을
알고 있었다. 그러고 보니 벽에 새겨진 문자
4개가 문자열의 첫 4개 문자 I V II 와 동일
했다. 톱니바퀴에서 문자열이 나오자마자
알아챘어야 했는데, 이 문자열은 로마숫자
였다.

이제는 흰 페인트의 의미가 무엇인지만 알
면 된다. 창살을 얼핏 보았을 때에는 수평의
선 여러 개가 창살을 가로질러 칠해져 있다
고 생각했다. 그러나 어떤 부분은 흰 페인트
선이 창살을 가로질러 이어지고, 어떤 부분
은 흰 페인트 선이 창살 중간에서 끊기곤 했
다. 이는 곧 흰 페인트가 창살 중간부터 오른
쪽으로 칠해지면 선이 시작되는 것이고 흰
페인트가 창살 왼쪽부터 창살 중간까지만
칠해져 있으면 선이 멈추는 것을 의미했다.
벽에 적혀 있는 로마숫자에서 얻은 정보를
바탕으로 나는 흰 선(더 중요한 것은 선 사이
간격이다)이 내가 알아낸 로마숫자 열을 어
디에서 떼어 써야 하는지 알려주고 있음을
알아차렸다. 그래서 나는 다음과 같이 로마
숫자를 배열할 수 있었다. I V II VIII XII V
VIII XX VI III VIII VII V
이것을 아라비아숫자로 옮기면 다음과 같
다. 1 5 2 8 12 5 8 20 6 3 8 7 5

생일 축하

나는 재빨리 촛불을 불어 끄고는 이 퍼즐을
우리가 너무 늦게 푸는 게 아닐까 걱정했다.
다행히도 이 비밀 조직은 고급 밀랍을 쓴 듯
했다. 나는 촛불의 높이를 자에 새겨진 표시
에 대고 측정해서 다음과 같은 패턴을 노트
에 휘갈겨 썼다.

△ ∾ ≈ ⊝ ☆ ⊖ ∾ △ △ ≈ ⊖ ☆ ☆

낙서가 있는 벽

자에 있는 상징이 벽에 있는 이상한 문양과
똑같았다. 이 기호들이 무엇인지 알게 되니
앞으로 나아갈 방향이 마치 나침반의 지시
처럼 명확해졌다.

내게 있는 정보열 두 가지가 똑같이 13개씩
정보가 있다는 것을 알고 두 정보를 합쳤더
니 다음과 같은 단서가 나왔다. 1상, 5우, 2
우, 8하, 12좌, 5하, 8우, 20상, 6상, 3우, 8
하, 7좌, 5좌.

X자가 표시된 빨간 벽돌에서 시작해 이 단
서의 지시를 따라 나아가면서 문자를 찾았
더니, 드러나는 메시지가 분명했다. HID-
DENINBIBLE. 성경 속에 숨겨져 있음
(Hidden in the Bible)!

서커스

젤다의 수수께끼

젤다는 정확한 순서가 중요하다고 말했다. 그래서 나는 이 수수께끼부터 시작하는 게 낫다고 생각했다. 해독이 만만치 않았지만, 너무 지체하지 않고 답을 구할 수 있었다.

죽음은 지연시키거나 속일 수 없다. 모두가 종국에는 죽음을 만난다.

정의는 그릇된 일을 한 자를 벌주어서 만족을 가져오는 저울을 들고 있다.

힘은 신념과 육체적인 근력 둘 다를 말할 수 있다.

세계는 온통 우리 주변에 있고, 거기에서 우리는 모두 거짓말을 한다.

중요한 것은 내가 이 답 각각을 어디에선가 보았다는 점인데…….

예언하는 심령술사

나는 심령술사가 보여준 타로 카드를 떠올렸다. 수수께끼의 답을 카드가 알려주고 있을 텐데, 내게는 이 카드의 의미를 해석할 수 있는 신비한 능력 따위는 없지 않은가.

하지만 타로 카드에 뭔가 이상한 점이 있었다. 카드에는 일반적인 카드 덱의 특징이 아닌 상징이 그려져 있었다. 이 네 개의 상징에 다른 의미가 있을지도 몰랐다. 하지만 그걸 알아내려면 다른 곳을 찾아봐야 할 것 같다.

뒤죽박죽 상자

이것은 훌륭한 공학적 산물이었고, 나는 어찌어찌 금속판을 맞추어 정육면체를 만들었다. 정육면체를 돌리며 살펴보니 제대로 된 각도에서 볼 때 정육면체의 8개 모서리 각각에서 문자가 모습을 드러냈다. 또한 이들 문자 옆에는 타로 카드에서 본 상징이 하나씩 있었다.

앞서 내가 중요하다고 했던 네 개의 상징은 C(죽음), T(정의), H(힘), Y(세계) 옆에 있었다.

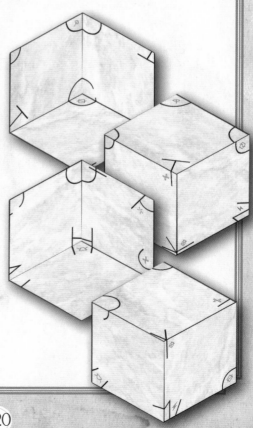

인기 볼거리

네 포스터 속 인물의 위치가 독특했다. 서커스 묘기로는 이상한 자세가 아닐 수도 있지만 그럼에도 홈스가 이전에 해결했던 '춤추는 인형' 속 자세와 정확하게 맞아떨어진다는 사실이 이상하지 않을 수 없다.

서커스 단장은 Y, 광대는 T, 차력사는 C, 저글러는 H였다. 내가 직전에 찾은 바로 그 네 문자인 것이다. 젤다의 수수께끼와 똑같은 순서로 (이게 중요하다고 강조했다) 이 문자를 놓으면, 차력사 다음에 광대, 그 다음에 저글러와 서커스 단장의 순이 되었다. 하지만 여전히 무언가 빠진 느낌이었다. 이 공연가들은 아무리 살펴보아도 서커스 주변에 보이지 않았다. 그때 다른 무언가가 내 주의를 끌었는데 아직 그게 무엇인지 딱히 짚어낼 수가 없었다.

공 던지기

튜브와 공의 색이 포스터의 배경색과 같다는 것을 알게 되자 내가 제대로 하고 있다는 확신이 들었다. 중요한 순서는 서커스 공연가들이 아니라 이들이 나타내는 색깔, 보라, 빨강, 파랑, 검정이었다.

다음으로 나는 서커스 여기저기에 흩어진 공을 주웠다. 게임 자체에 그렇게 손을 쓰는 일이 필요할지, 특히 홈스 앞에서 당황스러울 수도 있는 짓을 할 필요는 없어 보였다. 깔때기는 공을 튕겨 나가도록 특별히 고안된 것처럼 보였다. 대신 나는 그냥 공을 세어보았다. 보라 공 4개, 빨강 공 3개, (튜브 속에 있는 공을 포함해서) 파랑 공 6개, 그리고 검정 공이 5개 있었다.

최후 결전지로 가는 티켓

나는 서둘러 티켓이 있는 곳으로 가서 가능한 빠르게 뒤적여 보았다. 육감에 따라 움직였고, 이 육감이 맞다는 것을 확인할 수 있었다. 공을 보고 4개 숫자의 정해진 순서를 알 수 있었다. 4-3-6-5였다. 티켓 중 하나에 똑같은 번호가 적혀 있었다. 다음으로 가야 할 곳이 어디인지를 이제 알아냈다. 로열 스트랜드 극장이었다.

극장

의상 수수께끼

세트 소품 목록을 보고 의상 세 벌을 즉시 구별할 수 있었다. 보조는 빨강 드레스를 입어야 하고, 도입부에 해리 후디니는 단정한 정장을 입어야 하며, 마지막 순서에 처음과 반대되는 색의 정장을 입는다. 이는 실크해트에 검정 정장과 흰 정장을 입는 걸 의미했다. 두 막에 대한 설명은 도움되지 않았다. 하지만 로비에 있는 포스터를 보니 그 제목이 "빅토리아와 집사"와 앞에서 언급된 "탐정의 최후"라는 게 떠올랐다.

옷걸이에 경찰관의 제복이 있어서 이건 '탐정의 최후' 공연에 쓸 의상인가 싶었고, 집사의 것으로 보이는 옷이 정장 드레스 바로 옆에 걸려 있었다.

남은 의상이라고는 어디선가 본 것 같다고 느꼈던 바로 그 의상, 검표원의 제복뿐이었다. 바로 어제 봤던 의상이었다.

여닫이 커튼

커튼에 있는 매듭 무늬가 천장에 매달려 라벨이 붙은 로프의 매듭과 동일하다는 것을 알아차렸다. 그래서 커튼의 매듭 각각을 하나의 문자와 연결 지을 수 있었다. 위에서 아래로 이 문자는 G, A, D, F, H, B, E, C였다. 나는 여닫이 커튼을 잡아당겨 커튼이 모아지도록 쳤다. 이렇게 되면 양쪽 여닫이 반쪽에 걸쳐 있던 '밧줄'이 끊어지지 않고 매듭부터 동물까지 이어지게 된다. 이 이어진 길을 따라가니, 다음을 알 수 있었다. G-상어, A-토끼, D-기린, F-코끼리, H-수탉, B-하마, E-고양이, C-낙타.

힘든 시간

나는 재빨리 홈스에게 다시 묘사를 해보라고 했다. 내가 가진 자와 비교해보니 여섯 개로 이루어진 점 첫 번째 세트는 맨 위 점 두 개에 검은 핀이 박혀 있는 모양으로 봤을 때 C를 나타내는 게 분명했다. 그렇게 두 번째 세트는 F, 세 번째 세트는 H였다.

매달려 있는 소도구

중요한 세 개 문자는 C, F, H였다. 거기까지는 추리를 해낼 수 있었다. 이 문자들과

연관된 동물은 낙타, 코끼리 그리고 수탉이었다. 여기까지도 괜찮다. 하지만 이 정보를 가지고 무엇을 해야 할까?

홈스를 보니 시간이 별로 없는 게 분명했다. 물은 거의 어깨까지 차올라 있었다. 점자 알파벳에서는 아무리 애를 써도 의미를 찾을 수 없었다. 맞는 길이 아닌 것 같았다. 절망에 빠지려는 찰나 영감이 머리를 스쳤다. 아마도 동물의 개별적인 문양이 아니라, 세 동물 각각을 합쳐야 하지 않을까 싶었다.

나는 머릿속으로 세 그림판을 포개어보았다. 그랬더니 숫자 모양이 눈앞에 드러났다.

3, 2, 1! 이게 열쇠 번호였다. 이제 홈스를 구할 시간이다.

(이미지는 224쪽에)

최후의 탈출

나는 길고 가는, 그리고 무엇보다도 중요하게, 속이 빈 금속 파이프를 여전히 손에 쥐고 있었다. 나는 한쪽 끝을 입술에 가져다 대고 다른 쪽 끝을 격자 창살 사이로 들이밀어서 즉석으로 스노클을 만들어냈다. 깊이 숨을 들이쉬자 살면서 한 번도 그토록 달콤한 줄 몰랐던 공기가 흘러 들어왔다.

해답

보너스 퍼즐

소년은 스탠리 스펜서로, 성경 속 장면이 쿠컴과 같은 장소에 일어나는 것을 묘사한 그림으로 유명한 화가다. 홈스가 이 화가의 예술적 재능에 영감을 준 것으로 보인다.

이 책에 다음의 그림을 쓰도록 허락해준 분들께 감사드립니다.

모든 그림 출처 및 저작권 소지자들을 찾아 정확하게 출처를 밝히려고 최대한 노력했음을 밝힙니다. 의도하지 않은 오류나 누락이 있으면 차후 수정하도록 하겠습니다.